A CEGUEIRA DO RIO

MIA COUTO

# A cegueira do rio

*Romance*

Copyright © 2024 by Mia Couto

*A editora optou por manter a grafia vigente em Moçambique, observando as regras do Acordo Ortográfico da Língua Portuguesa de 1990.*

*Capa*
Alceu Chiesorin Nunes

*Ilustração de capa*
Angelo Abu

*Revisão*
Angela das Neves
Huendel Viana

---

Dados Internacionais de Catalogação na Publicação (CIP)
(Câmara Brasileira do Livro, SP, Brasil)

---

Couto, Mia
    A cegueira do rio : Romance / Mia Couto. — 1ª ed. — São Paulo : Companhia das Letras, 2024.

    ISBN 978-85-359-3940-8

    1. Ficção moçambicana (Português) I. Título.

24-222180                                    CDD-M869.3

Índice para catálogo sistemático:
1. Ficção : Literatura moçambicana em português  M869.3
Cibele Maria Dias – Bibliotecária – CRB-8/9427

---

Todos os direitos desta edição reservados à
EDITORA SCHWARCZ S.A.
Rua Bandeira Paulista, 702, cj. 32
04532-002 — São Paulo — SP
Telefone: (11) 3707-3500
www.companhiadasletras.com.br
www.blogdacompanhia.com.br
facebook.com/companhiadasletras
instagram.com/companhiadasletras
x.com/cialetras

*Esta penumbra é lenta e não dói*
*Flui por um manso declive*
*E é parecida com a eternidade.*
Jorge Luis Borges

*Ninguém se odeia mais a si mesmo*
*do que aquele que odeia os outros.*
Provérbio ruandês

# Sumário

Nota do autor .............................. 9

Capítulo um: Os que amarram a chuva .......... 15
Capítulo dois: Os que lavam os ossos .......... 29
Capítulo três: A vertigem dos abutres ........... 43
Capítulo quatro: Profetas amnésicos ........... 55
Capítulo cinco: A Lua mordida pelo crocodilo .... 69
Capítulo seis: Sonhos póstumos ............... 81
Capítulo sete: Onde dormem as tempestades ..... 97
Capítulo oito: O abraço do porco-espinho ....... 119
Capítulo nove: A pedra e a montanha .......... 139
Capítulo dez: Os que acendem as fontes ........ 153
Capítulo onze: Onde a noite dorme ............ 165
Capítulo doze: A véspera .................... 177
Capítulo treze: O fim dos caminhos ............ 189
Capítulo catorze: A caligrafia dos deuses ........ 207

Nota final do autor ......................... 231
Glossário .................................. 233
Fontes das citações ......................... 235

# Nota do autor

Factos e personagens deste livro foram inspirados em eventos reais ocorridos numa e na outra margem do rio Rovuma, que separa Moçambique da Tanzânia. O primeiro evento foi a insurreição popular que ficou conhecida como a "Revolta dos Majimaji" em protesto contra a cultura forçada do algodão. Encabeçada por um líder espiritual chamado Bokero, esta sublevação ocorreu entre 1905 e 1907 e a resposta das autoridades coloniais alemãs resultou num dos mais graves massacres da história de África. Pensa-se que entre duzentos e trezentos mil camponeses foram assassinados.

O segundo evento consistiu no assalto alemão ao posto militar português de Madziwa em agosto de 1914. Um sargento português e onze sipaios africanos foram mortos nesse ataque.

No resto, tudo o que se relata neste livro tornou-se verdadeiro a partir do momento em que foi escrito.

Cerimónia de iniciação numa comunidade dos vayao no Niassa, no norte de Moçambique, durante a primeira década do século XX. Homens e rapazes rodeiam uma figura desenhada com farinha sobre um molde feito de terra. A figura representa uma espécie de baleia de quatro pernas que se diz habitar o lago Niassa, a mais de seiscentos quilómetros do mar. Essa criatura mítica do povo yao, conhecida como Namungumi, conserva a lendária generosidade dos grandes cetáceos do Índico: de quando em quando encalha junto à margem e deixa que lhe arranquem pedaços do corpo. A carne é golpeada sem dor e as feridas cicatrizam no instante seguinte.

Esta imagem e as que se seguem na abertura de cada um dos capítulos foram extraídas do artigo: "The Picture-Models of the Yao Initiation Cerimonies de G. M. Sanderson", *The Niasaland Journal*, v. 8, n. 2, 1955.

# A CEGUEIRA DO RIO

## Capítulo um

## OS QUE AMARRAM A CHUVA

*A notícia do assalto ao posto militar de Madziwa chegou a Lisboa dois meses depois daquela ocorrência. De forma telegráfica, o jornal* O Mundo *publicava o seguinte: "Na África Oriental: um incidente entre as autoridades alemãs e a administração do Niassa português. Um soldado português fuzilado".*

Manuel de Carvalho

1.

> *O rio quer sair da água.*
> *Quer sair da água, mas tem os olhos vendados,*
> *Tem os olhos vendados com dois panos espessos, um*
> *[de cada lado.*
> *Todos sabemos: a cegueira da água é uma mentira.*
> *Todas as noites o rio levanta-se e volta a ser nuvem.*
>
> Lenda de Madziwa

Apoiado no sipaio Nataniel Jalasi, o sargento português Bruno Estrela arrastou-se pela margem lodosa do rio Rovuma. Custava-lhe caminhar. Trazia um continente agarrado aos pés. Para os europeus, o Rovuma era uma fronteira separando a "África Oriental Portuguesa" da "África Oriental Alemã". Para os africanos, o rio era uma mulher que engravidava com as grandes chuvas. A verdade era esta: ambas as margens eram habitadas por gente que, todas as noites, rezava aos mesmos deuses. O rio escutava as preces e voltava a ser nuvem.

— *Que dia é hoje?* — perguntou o sargento, os olhos piscos enfrentando o brilho das águas.

O sipaio fez menção de responder. Ficou-se pela intenção. Era o dia 24 de agosto de 1914. No posto militar de Madziwa, os dias nasciam todos sem vida. O sipaio procedeu como se faz com os nados-mortos: não se lhes dá nome nenhum. E assim eles podem ainda nascer.

O aquartelamento ocupava o topo da duna que dominava a vasta planície por onde, na estação das chuvas, o rio se espraiava. A cabana onde vivia o sargento estava cercada por uma extensa varanda feita de madeira e suspensa sobre troncos de *mbawa*. A uns poucos metros, já no limiar da mata, tinham construído duas grandes palhotas onde dormiam nove sipaios. A toda a volta do posto foram abertas trincheiras reforçadas com sacos de areia.

Madziwa era um povoado mais deitado que um rio. Nos momentos de nevoeiro não se dava pela construção. Os viajantes passavam pela aldeia como se caminhassem entre nuvens. Os naturais de aldeia diziam: vivemos no cacimbo. Onde iremos cavar as nossas sepulturas?

2.

*Athawa mfuu yake yomwe.*
[O homem foge da sua própria voz.]
Provérbio nyanja

Naquela manhã, com a mão em pala sobre os olhos, o sargento Estrela perscrutou a outra margem do Rovuma. Há semanas que lhe doía a luz dos trópicos. Uma misteriosa doença tinha-lhe toldado a visão. Não deixava de ser irónico: estava quase cego o militar a quem Portugal confiara o controle da mais vulnerável das suas fronteiras.
— *Não me vais dizer que dia é hoje?* — voltou a indagar o português.
A pergunta era retórica. O sargento Estrela não tinha qualquer interesse nem na guerra, nem no calendário, nem em qualquer outro assunto. Seis meses tinham decorrido desde que chegara de Lisboa para comandar o posto de Madziwa, no norte de Moçambique. Depois de todo esse tempo, o sargento queria apenas escutar alguém que falasse a sua língua. O sipaio Nataniel dominava quatro idiomas: português, ciyao, cinyanja e emakwa. Para os ouvidos carentes do sargento, o sotaque do africano soava como o da longínqua gente da sua aldeia natal.

## FALA DE NATANIEL JALASI

Sou o sipaio Nataniel Jalasi. É verdade o que aqui se conta. No dia 24 de agosto, o sargento Bruno Estrela aproximou-se vagarosamente do rio como se fosse a primeira vez que caminhava. Muitas vezes me disse: em África o chão é muito antigo, mas os caminhos são sempre recém-nascidos. A razão é simples: os carreiros desaparecem na estação das chuvas. Pessoas e bichos fazem-nos renascer, teimosos rabiscadores da poeira.

Os europeus não acreditam — e mesmo eu, que sou africano, tenho as minhas dúvidas — que o rio todas as noites se levante do leito. Com o português sucedia o inverso: o homem não descolava os pés do chão. Aos poucos, foi deixando de se aventurar para além dos limites do posto. Por mais que carregasse uma espingarda, sentia-se desarmado. Por mais que caminhasse sozinho, tinha a certeza de que estava a ser observado.

Aos poucos, os medos do português acabaram por me contaminar. Eu, Nataniel Jalasi, africano congénito e vitalício, comecei a sentir-me um estranho em África. O meu receio era que os meus irmãos deixassem de me reconhecer. Alguns já me chamavam de muzungo. De algum modo, tinham razão. Uma parte de mim começava a ser de raça branca. Essa parte tinha sido batizada, ajoelhava-se na igreja, rezava em português e envergonhava-se desses outros deuses que desamarram as chuvas e abençoam as caçadas e as colheitas. Quem sabe os meus irmãos tivessem razão: havia uma raça que se evadia do meu corpo, da mesma maneira que o rio escapa da terra e se torna nuvem.

3.

*De nada vale a pressa do remador.*
*O remo pede licença ao rio.*
*E o barco espera que a água o abrace.*
Provérbio de Madziwa

O sargento Bruno Estrela acordou estremunhado, era ainda madrugada e levou a lanterna para o varandim. O foco de luz mal lhe iluminava os pés. Desceu a duna, teimando que acabava de ver um crocodilo albino nas sonolentas águas do rio. O sipaio ainda lhe perguntou, a arma estendida na sua direção — *quer a sua mtutu?* Bruno deitou um olhar ensonado para a espingarda. Depois, abanou a cabeça. Não enxotava uma ideia. Sacudia a alma como fazem os cães ao se sentirem molhados.

De repente, da outra margem surgiu uma canoa. Deslizava silenciosa em direção ao posto de Madziwa. Transportava cinco africanos e um europeu trajando fardas do exército alemão. O militar branco vinha sentado na proa e, com a ajuda de um par de binóculos, espiava minuciosamente a margem sul. Os negros eram os temidos askaris, guerreiros treinados e armados pelas tropas germânicas.

O uniforme dos askaris era semelhante ao dos soldados brancos. Os chapéus, porém, estavam adornados de plumas de avestruz e folhas de capim entrelaçadas. Aqueles soldados rastejando na pradaria não eram mais que um ondular da savana ao sabor da brisa.

O português encostou-se ao sipaio Nataniel: queria certificar-se de que não estava na presença de uma miragem. A embarcação fez-se mais próxima e o sargento acenou com adolescente entusiasmo. Junto à margem, a cadência dos remos não afrouxou. Era evidente: esses que chegavam, vinham com pressa. Quando os ocupantes se tornaram mais visíveis, o sipaio Nataniel deu um passo atrás e tropeçou nos próprios pés.

— *O que é isso, pá? Estás com medo?* — perguntou o português.

Não era medo. Era espanto. O alemão que chegava era Hadrian Schreiber, um médico cuja fama se espalhara em toda a região. Bruno Estrela suspirou de alívio. Teria, enfim, uma oportunidade para se queixar das suas maleitas. O padre Sisnando Baião, da aldeia de Milepa, já o tinha examinado e, sem qualquer hesitação, diagnosticara: cegueira dos rios.

— *Não consigo distingui-los* — queixou-se o sargento. — *Qual deles é o alemão?*

— *É fácil* — explicou o sipaio. — *O médico vem sentado à frente.*

4.

> *Rwizi runomhanyira kure, haugone kuona makona aro.*
> [Ao rio que vai longe não se lhe vê as curvas.]
> Provérbio sena

O sipaio sentiu os dedos de Bruno Estrela cravando-se no braço. Encontrar um branco depois de tantos meses era, para o sargento, um infinito consolo. Pouco importava que se tratasse de um soldado inimigo. Pouco importava que a língua do outro lhe fosse estranha e, mais do que estranha, profundamente adversa. Pouco importava, enfim, a ligeira diferença no tom de pele, na cor dos olhos e dos cabelos. Para além de todas as dissemelhanças, os dois homens partilhavam a mesma raça. Longe de casa, a raça tornava-se uma pátria.

Amparando-se no ombro do sipaio, Bruno Estrela perguntou num atabalhoado murmúrio: — *Como se diz "raça" na vossa língua?*

— *Na nossa língua não há essa palavra, meu sargento.*

Assim que o ventre da canoa raspou na areia, o sorridente Bruno Estrela ergueu os braços como se fosse o anfitrião daquele imenso território. Deu um passo em frente e estendeu a mão para ajudar o visitante a sair da embarcação. Nesse exato momento, o alemão sacou de uma pistola, apontou para o português e disparou vários tiros. Bruno Estrela caiu fulminado.

Na queda, o sargento arrastou o sipaio Nataniel Jalasi. Desabaram um sobre o outro, de braços entrelaçados. O sipaio deixou-se ficar imóvel, oculto sob o português, fazendo de conta que tinha sido mortalmente atingido. Com as mãos em concha, recolheu o sangue que escapava aos borbotões do sargento e, num gesto furtivo, espalhou-o pelo seu próprio rosto.

Um dos assaltantes debruçou-se sobre os corpos entrelaçados e anunciou em voz alta:

— *Estes dois estão mortos!* — E repetiu em kiswahili, para que todos ouvissem: — *Wawili hawa wamekufa!* — E acrescentou como se falasse para si mesmo: — *Já não há ninguém dentro destas pessoas.*

5.

*Ngati nsomba ituluka mumtsinje kuti ndikuuzeni kuti ng'ona ndi diso limodzi; chabwino ndikukhulupirira.*
[Se um peixe sair do rio para te dizer que os crocodilos apenas têm um olho, o melhor é acreditares.]
Provérbio nyanja

A seguir, os intrusos subiram a encosta e cercaram o posto. Escutaram-se tiros. Nuvens de fumo espesso espalharam-se pelo vale. E os askaris saíram à pressa do posto em chamas e desceram a duna em direção à canoa. Pelo canto do olho, o sipaio viu-os passar carregados com o que acabavam de roubar: latas de conservas, embalagens de farinha Nestlé e de caixas de flocos de aveia Quaker, tudo misturado com granadas, pistolas e cartucheiras. Balas, arroz e milho tombavam pelo caminho.

No final, Nataniel escutou os apressados remos dos atacantes de volta à outra margem. E ainda viu, na linha de água que lhe aflorava aos olhos, flutuarem dezenas de papéis com o timbre da República Portuguesa.

6.

*Não ponhas a mão na água porque irá como um peixe.*
*Não ponhas a água na tua mão porque virá o oceano.*
Julio Gelman

Assim que a canoa desapareceu, Nataniel soltou-se do corpo do sargento e foi como se rasgasse a sua própria carne. Arquejando como um bicho, o sipaio arrastou o português para a margem e deixou-o com os pés dentro de água.

Subiu ao topo da ladeira e, a partir daquele lugar cimeiro, confirmou se alguém, de um e do outro lado do vale, teria presenciado o que havia ocorrido e, mais grave ainda, testemunharia aquilo que iria acontecer. Amontoou os corpos dos sipaios no interior das trincheiras. Escavadas para proteger os vivos, as valas acabaram por acolher os mortos.

Cumpridas todas estas tarefas, o sipaio voltou à margem do rio para dar destino ao cadáver do português. Aterrorizado, deu conta de que o corpo tinha desaparecido. O morto devia ter deslizado pela lama e acabara por ser levado pela corrente. Ocorreram-lhe as palavras de Aluzi Msafiri: os brancos vieram do mar, o corpo deles é feito de água e os ossos são feitos de sal. Por essa altura, o português já se tinha dissolvido no estuário do Rovuma.

### FALA DE NATANIEL JALASI

Naquele momento, senti o chão a encolher-se sob os pés. Fechei os olhos e chamei pelos antepassados. Dei conta que falava em português. A corrente fez um rodopio e esse redemoinho acabou por trazer o que tinha levado. Voltei a abrir os olhos e ali estava, a meus pés, o corpo de Bruno Estrela, coberto de lama e enroscado como um recém-nascido. Quis-lhe dar um abraço, mas o defunto era mais escorregadio que o peixe likambale.

Consegui, por fim, arrastá-lo até ao posto e sentei-o numa cadeira à porta do edifício. Limpei-lhe o sangue, vesti-o com uma camisa nova, amarrei-o às costas do assento e usei os atacadores das botas para lhe prender os tornozelos às pernas da cadeira. O sargento permaneceu hirto, olhos bem abertos, os cabelos despenteados sobre a testa. Quem por ali passasse não suspeitaria de que o português já não morava no seu corpo. De súbito, larvas começaram a emergir por baixo das suas pálpebras. Os mesmos vermes que, em vida, lhe roubaram a luz, escapavam-lhe agora do corpo, com o alvoroço das gazelas ante o fogo na savana.

7.

*Adui ni mdomo wako.*
[A tua boca é o teu pior inimigo.]
Provérbio yao

    Nataniel Jalasi não tinha outra opção senão tomar o caminho da aldeia de Milepa. O seu maior medo era a sua maior urgência: contar ao padre Sisnando Baião a tragédia que acabara de ocorrer no posto de Madziwa. Mas sabia que devia esperar pela primeira claridade, a hora em que os rios regressam.
    Veio-lhe à memória a imagem do avô correndo afogueado para relatar extraordinárias ocorrências a quem primeiro lhe aparecesse. Quando finalmente deparou com alguém, estava tão exausto que mal conseguia falar. Demorou tanto tempo a recuperar o fôlego que, quando retomou a fala, já se tinha esquecido do que tinha para dizer.

FALA DE NATANIEL JALASI

    Enquanto enterrava os meus irmãos, eu apenas queria ser invisível. Mas era o oposto que sucedia: eu estava mais exposto que uma árvore solitária. Chamei primeiro pela minha mãe e, depois, pelos meus antepassados. A seguir, sempre em português, invoquei os meus anjos da guarda. Chamei por eles sem qualquer fé. Há anos, quando abandonei a minha aldeia, recusaram acompanhar-me. Ficaram por lá, esses meus anjos, na esperança de que eu voltasse. Nesse lugar distante, a minha vida esperava por mim.

Estava eu nestes devaneios, quando me apercebi que um dos sipaios ainda estava vivo. Era Tadala, o meu vizinho de nascença e filho do condutor de carroças, Chifuniro Winifome. Sangrando e cambaleando, Tadala avançou sobre mim. Pareceu-me que trazia nas mãos o velho chamboco com ele castigava as pessoas que não lhe obedeciam. Não era esse bastão. Era uma espingarda e ele trazia-a apontada contra mim. Levantei os braços e, aterrado, gritei: *sou eu, Nataniel!* Olhos baços, passos bêbados, Tadala parou e premiu lentamente o gatilho. Mas o dedo dele ficou preso. O corpo dele já tinha começado a morrer.

Não demorou até que ele desse o último suspiro. Devagar, enchi de vazio o peito. Aquele morto respirava agora dentro de mim. Fiz o sinal da cruz. Quatro marcas de sangue ficaram gravadas no meu rosto.

8.

> *Se chorares, chora em silêncio.*
> *Deixa o morto dormir, sossegado.*
> *Esta é a sua primeira noite.*
> *Logo-logo ele se habitua.*
>
> Diário de Aluzi Msafiri

Nataniel Jalasi passou a noite chorando, soluçando, urrando. A sua única intenção era deixar de ser pessoa: os bichos sabem morrer sozinhos. Na verdade, ali onde ele pranteava ninguém viria em seu socorro. As famílias dos sipaios que, logo no início se instalaram nas redondezas do posto, já tinham regressado às suas terras de origem.

Esgotado, o sipaio Nataniel apoiou as costas no que sobrava do antigo mastro, a pistola carregada caso os chacais viessem farejar os mortos. A agonia de Tadala não lhe saía da cabeça. No dia anterior, tinham discutido. No auge da altercação, Tadala declarou: — *Tu, Nataniel, és o único que queres impedir a chegada dos alemães. Nós, os outros, estamos aqui para os saudar.* E acrescentou, exaltado: não eram apenas os sipaios de Madziwa que ansiavam pela chegada das tropas germânicas. Em todas as aldeias, as famílias iriam engalanar as casas. Porque todos sabiam: os majerumanos vinham expulsar os portugueses e os ingleses. De caminho, castigariam também os warabus que levavam os africanos através do oceano.

Nataniel adivinhou o que lhe diria Sisnando Baião quando lhe comunicasse a desgraça. Que a culpa era do sargento Bruno Estrela. Tantas vezes o padre tinha insistido com ele: fica quieto, fica calado, fica ninguém. O sargento fez tudo para que assim não fosse. E a sua tornou-se demasiado visível, demasiado ruidosa, demasiado europeia. Eis o resultado: até àquele momento, perdido no sertão do Niassa, o posto de Madziwa nunca chegou a existir. Na manhã de 24 de agosto de 1914 aquele lugarejo entrava da pior maneira para a História: começava ali a Primeira Guerra Mundial em Moçambique.

## Capítulo dois

## OS QUE LAVAM OS OSSOS

*Com a palavra "serpente"*
*pode-se atravessar um rio cheio de crocodilos.*
　　　　　　　　　　　　　Aimé Césaire

## 9.

*Ororomela khonamala, onamala nokhwa.*
[Ninguém se carrega a si próprio.]
Provérbio makwa

O cacimbo ainda brilhava quando o sipaio Nataniel saiu de Madziwa para Milepa. De quando em quando, espreitava as nuvens como se nelas decifrasse o mapa da sua viagem. Sisnando Baião gostaria de saber que um sipaio tão alienado das suas origens se mantinha fiel àquilo a que ele chamava de "autênticas" tradições africanas.

Na realidade, Nataniel Jalasi não se guiava pelas sabedorias ancestrais. Trazia nas algibeiras outras nuvens e astros: um mapa no bolso esquerdo; e uma bússola no bolso direito. Ao contrário das aspirações do padre, a mãe do sipaio, Alile Jalasi, adoraria saber que o filho se guiava por utensílios modernos. Nada disso lhe daria medo. Preocupava-a, sim, que, um dia, os africanos perdessem as terras que sempre lhes pertenceram.

Os tempos mudaram, lamentava-se Alile: antigamente, chegava um forasteiro, pedia um terreno para morar, o chefe da aldeia, o mwenye, agarrava numa fisga e lançava uma pedra na direção de cada um dos pontos cardeais. Onde as pedras caíssem era ali o limite do terreno. Agora, os europeus e os árabes instalavam-se na terra dos vayao como se ela estivesse vazia. Estendiam uma corda e mediam o que não tem tamanho.

FALA DE NATANIEL JALASI

Sempre foi o meu sonho: ser um civilizado. E essa foi a promessa que fiz à minha mãe. Foi ela que, às escondidas do meu pai, pediu a Aluzi Msafiri para me ensinar a ler e a escrever. Foi a minha mãe que colocou o corpo em frente do meu sempre que o meu pai me queria castigar.

Se pudesse falar com ela dizia-lhe: cumpri o meu juramento, mãe: já sou um muzungo. Sou mais branco que o falecido português. Não tenha dúvida, mãe. Fui eu que escrevi todos os relatórios do posto. O sargento deixava a caneta suspensa, sem tocar no papel. Queixava-se de que havia demasiada luz.

A triste verdade, porém, é que nem a minha mãe, Alile Jalasi, me pode ouvir, nem o sargento vai cumprir a sua grande promessa: já não irei com ele para Lisboa. Bruno Estrela tem dois oceanos para atravessar. É muita viagem mesmo para um morto.

10.

*Não há viajante solitário.*
*Os caminhos são feitos de gente.*
Provérbio de Milepa

Uma noite separa Madziwa da aldeia de Milepa. Nataniel queria apressar a jornada. Não faria paragem em circunstância alguma. Mas ninguém pode viajar sem visitar as pessoas. Os que moram no caminho são o próprio caminho.

A pressa do sipaio foi maior que a prudência: escolheu os atalhos apenas frequentados por bichos. Preferia encontrar leões a atrasar a chegada à igreja de Milepa. Fazia quase um ano que se alistara como sipaio da Companhia do Niassa. No posto de Madziwa, apenas o sargento lhe dava ordens. A única pessoa a quem agora devia obediência era ao padre Sisnando Baião.

Depois de informar o sacerdote, não restava a Nataniel Jalasi senão fugir para longe do Niassa. Seria a mais total das fugas: sem destino nenhum, como um cometa escapando da sua própria luz. Na verdade, não tinha outra saída. A morte tinha-lhe atado duas cordas ao pescoço: os portugueses iriam acusá-lo de negligência e os seus irmãos iriam culpá-lo de conivência. Voltou a contemplar o céu que, agora sem nuvens, lhe pareceu ainda mais infinito. A grande questão para quem foge não é o destino. É até quando terá de fugir. Para Nataniel esse "quando" era como o céu: não tinha fim.

Milhas adiante, Nataniel parou para repousar. Sentou-se à sombra de uma frondosa *mpanga*. Enxugou as mãos na camisa e retirou do bolso o cartão de sipaio. O documento estava ensopado de suor, a foto descolorida, as letras esborratadas. Abriu uma cova e nela enterrou os papéis, como se sepultasse o seu corpo. Ainda lhe passou pela cabeça espetar uma cruz naquela areia.

Antes de retomar o caminho, ajeitou a volumosa trouxa que trazia às costas. Nela guardava as fardas e as botas que conseguira retirar dos falecidos colegas. Cumpria ordens que recebera no dia em que se alistara: recuperar os uniformes dos mortos e trazê-los de volta ao quartel. Essas roupas serviriam para os próximos recrutas.

11.

*Feriste-te dentro da boca,*
*o sangue ficou-te nas entranhas.*
Provérbio de Sofala

A meio do caminho, Nataniel viu aproximar-se um homem de estatura tão baixa que suspeitou tratar-se de um

citowe. Tomou as devidas precauções e, antes que a criatura o interpelasse, o sipaio foi já adiantando:
— *Já te estava a ver a uma grande distância.*
Era a antecipada resposta à fatal pergunta daqueles pequenos indivíduos — *desde quando me estás a ver?* Era assim que perguntavam. O interpelado teria de se acautelar: qualquer palavra que confirmasse a sua diminuta estatura seria paga com a vida. O homem não o saudou. Apoiou-se na lança que trazia consigo e indagou:
— *O assunto qual é?*
O sipaio abrandou o passo, fingindo não ter escutado. Mas logo se apercebeu de que aquele homem fazia parte de um grupo que aguardava mais à frente, no meio do atalho. Em poucos segundos, homens e mulheres formaram um círculo à sua volta. Depois das saudações costumeiras, todos se mantiveram calados. Até que o mais velho deu um passo em frente e declarou:
— *Queremos agradecer.*
— *Porquê?* — perguntou o sipaio, desconfiado.
— *Por aquilo que fizeste ao sargento português.*
— *O que é que eu fiz?*
— *Mataste-o* — afirmou o citowe e os restantes acenaram em firme aprovação.
— *Estão muito enganados, meus amigos...* — defendeu-se Nataniel.
— *Vimos-te a arrastar o corpo* — interromperam-no. — *Vimos-te a vestir o morto e a sentá-lo na cadeira. Fizeste muito bem ao lançar fogo sobre o posto. Não ficou rasto do crime.*
Nataniel ergueu um braço para reforçar a sua contestação, mas uma das mulheres encostou-lhe a mão ao peito e declarou:
— *É o que vocês, sipaios, fazem quando não pagamos o imposto: queimam as nossas casas.*
Novo silêncio. Uma outra mulher juntou-se às reclamações: um posto militar só serve para chamar a guerra. E prosseguiu, cruzando as mãos sobre o peito: — *Essa nova*

*guerra, essa "nkondo" vai ser entre eles, os brancos. Nós temos as nossas brigas e nunca envolvemos nelas os europeus.* Depois, sentenciou com firmeza: — *Agora vai-te embora. Não queremos aqui os portugueses. Pela mesma razão também não te queremos aqui. Para nós, tu és um muzungo. Podes ter a nossa cor. Mas as fardas criam outra pele.* — E repetiu a ordem, enquanto lhe virava as costas: — *Vai-te embora.*

— *Nunca vos fiz mal* — declarou Nataniel. — *Nunca roubei, nunca desrespeitei as vossas mulheres.*

— *Não fizeste. Mas deixaste que os outros fizessem.*

Uma das mulheres desatou aos berros e lançou-se sobre o sipaio. Os ânimos alteraram-se num piscar de olhos. Os que tinham começado por agradecer juntavam-se agora para o acusar.

— *Por tua causa, vamos ter de mudar para longe.*

— *Quem é que vos está a mandar embora?* — perguntou o sipaio.

— *Mataram aqui um branco. Não podemos continuar a morar neste lugar.*

Lentamente, a roda se foi desfazendo. O primeiro dos citowes foi o último a retirar-se. Antes de dar o primeiro passo, cuspiu no chão como se a saliva fosse o mais fatal dos venenos. De costas ainda gritou: — *O teu pai, Bomani Kirimi, vai ficar feliz por saber o que fizeste em Madziwa...*

— *O meu pai há muito que não está neste mundo.*

— *Mais uma razão para ele ficar feliz...*

## 12.

> *Ephiro khenakona.*
> [Os caminhos não dormem.]
> Provérbio makwa

De repente, algo terrível passou pela cabeça de Nataniel Jalasi: não lhe restava outra saída senão matar aquelas pessoas. Todas elas eram testemunhas do massacre que ele tanto se empenhara em esconder. Empunhou a pistola e apontou-a para as costas do último dos citowes. Aos poucos, a arma lhe foi pesando e o braço esmorecendo. Acabou por encostar o cano da pistola ao próprio rosto. O dedo ainda roçou o gatilho. No derradeiro momento, afastou a arma e disparou contra a copa das árvores. Bandos de pássaros estilhaçaram o céu.

De súbito, Nataniel sentiu que lhe tocavam no ombro. Era um citowe que tinha saído do seu lado. O pequeno homem apontou o horizonte e perguntou: — *Vês aquele fumo lá perto do rio? Fomos nós. Queimámos o barco dos alemães.*

— *Mas o barco não tinha saído para a outra margem?* — perguntou o sipaio.

— *Acabaram por regressar para o nosso lado. Não sei por que voltaram mas boa razão não será.*

FALA DE NATANIEL JALASI

Não sei por que poupei a vida àquela gente. É o que diz o padre Sisnando: sou uma boa pessoa apenas por falta de jeito. Eu e o sargento Bruno partilhamos a mesma inaptidão: precisamos que todos gostem de nós. Lembro-me que, há poucos dias, o sargento chamou-me para me perguntar: — *Há quantos meses vocês não recebem salário?* E eu respondi: — *Desde que chegámos.* O sargento, então, ordenou: — *Pois, deixa de cobrar impostos. E vai lá, às palhotas, dizer isso mesmo a essa tua malta.*

Essa tua malta? Ainda hoje me dói essa expressão. O sargento não tinha nenhuma ideia de como os aldeões me odiavam. Para eles eu era igual a todos os outros sipaios que violavam as mulheres e lhes assaltavam as casas. Tentei mil vezes mostrar que era diferente. Cheguei a fingir que os castigava. Juntei os sipaios à entrada da aldeia, na hora mais movimentada. E fiz de conta que os chicoteava. E eles gritavam, mas era tudo tão falso que não enganámos ninguém.

O sargento Estrela estava enganado: aquela não era a "minha malta". Como não foram nunca dele as mulheres com quem dormiu. Depois do pôr do sol mandava-me recrutar mulheres nas redondezas. Antes de as apresentar no posto devia dar-lhes banho para que não trouxessem doenças. Eu fingia que as lavava para, depois, ele fazer de conta que dormia com elas. O português nunca chegou a tocar em nenhuma. As raparigas ficavam sentadas no chão do quarto, os seios a descoberto, a capulana deixando entrever as coxas. Bruno Estrela fixava nelas um olhar mortiço e acabava adormecendo, a cabeça pousada sobre o tampo da mesa, uma mão alisando os seios de uma moça, a outra segurando uma garrafa. As restantes mulheres suspiravam aliviadas e retiravam-se pé ante pé. No dia seguinte, o sargento contava-me, com vaidade de caçador, como tinham sido ardentes os seus namoros noturnos.

## 13.

> *Kanyetanyeta kakulimulicila kasyene.*
> [O fogo ilumina o seu próprio voo.]
> Provérbio yao

Quando, por fim, chegou a Milepa, o sipaio surpreendeu o padre Sisnando Baião a espevitar uma fogueira. Quem acende o fogo pousa a mão sobre o sol. É o que se diz na aldeia. Ninguém pode interromper esse antiquíssimo ritual. Nataniel deu um passo atrás. Lembrou-se do dia em que, há uns bons anos, o padre surgiu pela primeira vez em Milepa.

### FALA DE NATANIEL JALASI

Eu era ainda menino quando a minha mãe me acordou em sobressalto: *chegou, ele chegou!* E logo me arrastou por um atalho cheio de gente em alvoroço. No meio da clareira, lá estava ele: um homem branco vestindo uma túnica branca até aos pés, com barbas brancas que lhe chegavam ao peito e um longo pano branco atado à cintura.

— *Vou erguer a primeira igreja de Milepa* — anunciou ele em português. — *É um abujo!* — vaticinaram em coro várias vozes. — *Um missionário?* — duvidou alguém. Um outro homem argumentou, reforçando a desconfiança: — *Para aparecer neste fim de mundo ou é um profeta ou é um criminoso.* De repente, a minha mãe decidiu abrir o caminho por entre a multidão. E apresentou-me ao forasteiro — *Este é Nataniel, o meu filho. Ele fala e escreve em português.*

O viajante fixou os olhos em mim. E foi como se nunca ninguém tivesse olhado para mim. Fez o mesmo com todos: contemplou cada pessoa como se fosse um recém-nascido. Ofereceu-me água. — *Não quero copo* — disse eu. — *Quero beber das suas mãos.*

O visitante pousou os magros dedos sobre o meu ombro e perguntou: — *Sabes que estou a escrever uma nova Bíblia?* — O olhar dele era tão luminoso e a voz tão grave que pensei: *é Ele, só pode ser Deus!* O homem, isto é, Deus quis então saber se eu era fluente nas duas línguas, o ciyao e o português. Perdida a fala, acenei que sim com a cabeça.

— *Não queres ser tu a traduzir o Livro?*

Voltei a confirmar. Deus colocou a palma da Sua mão sobre a minha cabeça e disse: — *Venho apenas de visita. São assim os deuses, estão sempre de passagem. Deixo contigo o livro e deixo esta minha amiga.* E fez aparecer uma mulher que tinha a cara coberta por um véu. *É Nossa Senhora?* perguntei. *É a grande mãe dos rios*, disse Deus. A mulher descobriu o rosto e vi, surpreso, que ela era de pele negra, era a pessoa mais escura do que eu jamais havia visto. Chamava-se Aluzi Msafiri. Então, ajoelhei-me e pedi a Deus que me concedesse um milagre antes de partir. — *Um milagre?* — estranhou a mulher. *O grande milagre*, respondeu Aluzi na vez de Deus, *o grande milagre vai ser a construção de uma escola.* Fiz de conta que não tinha escutado e insisti — *Um milagre, por favor, quero ser um muzungo. Faça de mim um branco* — implorei. E Deus riu-se às gargalhadas. Depois, virou as costas e partiu.

Anos depois, Sisnando Baião não ousaria fazer-se passar por Deus. Já lhe custava ser padre a tempo inteiro.

Mas ainda restava nele uma aura profética. Talvez porque acabasse de pousar as mãos sobre o sol, acendendo a primeira fogueira na noite de Milepa. Ao sentir Nataniel emergir das trevas, o padre deu um pulo de susto — *Cruz credo, parecias um fiscal do Mataka a cobrar o imposto do fogo.* — Voltou a esfregar as duas madeiras entre as palmas das mãos: na vertical, a "madeira-marido"; no chão, a "madeira-mulher". Não demorou a que as primeiras chamas iluminassem a figura esguia do sacerdote, com mais barbas do que corpo, misturando nas veias as incontáveis raças: indiana, negra, árabe, branca.

— *Há três semanas que não apareces, meu canastrão* — resmungou o padre, a voz enrolada no fumo. — *Tenho aí um monte de páginas para traduzires.*

— *Padre, aconteceu uma coisa terrível* — murmurou o sipaio, com a voz esgarçada.

Atabalhoadamente, Nataniel relatou os trágicos eventos acabados de ocorrer em Madziwa. Sisnando Baião recebeu a notícia sem qualquer reação. Ficou um tempo a contemplar a fogueira. Depois, calçou lentamente as pantufas e, com passos sonâmbulos, atravessou o pátio em direção à casa. O sipaio olhou a patética figura e pensou: como foi possível ter confundido esta pessoa com o Criador? O padre parou no meio do caminho e perguntou a Nataniel se tinha fechado os olhos aos defuntos. O sipaio confirmou com a cabeça.

— *E ao português também?*

Nataniel voltou a acenar afirmativamente. O sacerdote nada mais perguntou. E ainda bem que não o fez. Nataniel queria apagar a última visão dos falecidos colegas: antes de se retirarem os alemães cravaram as baionetas no ventre de cada uma das vítimas. É o que se faz: é preciso desventrar os inimigos já mortos. Se não o fizer, o matador verá a barriga inchar com as entranhas em putrefação.

14.

*Akuluakulu ndi m'dambo mozimila moto.*
[Os mais velhos são rios onde o fogo se apaga.]
Provérbio nyanja

O padre entrou na igreja e, instantes depois, saiu para o pátio envergando umas botas militares. — *Fui calçar estas botas* — anunciou aos berros. — *Não podia andar aos pontapés de pantufas.*
E desatou a pontapear as latas, panelas e as achas da fogueira. Uma chuva de faúlhas incandesceu em seu redor e parecia que o sacerdote emergia das profundezas da terra. — *Agora, vou dizer-te uma coisa, meu idiota: ninguém pode saber o que aconteceu. Ninguém, estás a entender?*
— *E porquê está tão zangado, padre Sisnando?* — perguntou o sipaio.
— *Porquê? Vou explicar-te, minha alimária: um lugar que não existia passou, por tua culpa, a ser o centro do mundo.*
O sacerdote arrastou as palavras como se o interlocutor fosse incapaz de discernir: se os portugueses soubessem daquele incidente, teriam de abandonar a posição de neutralidade no conflito entre alemães e ingleses.
— *Vou-te dizer uma coisa, minha anta: os portugueses entram nesta guerra e tu vais fazer companhia aos desgraçados que acabaste de enterrar. E toda a tua família, todos os teus vizinhos vão morrer como tordos. Sabes o que são tordos?*
A raiva era tanta que lhe saltavam perdigotos pela boca fora. Os salpicos de saliva pendiam-lhe das barbas como gotas de orvalho. A fogueira crescia, alimentada pelos sombrios vaticínios do padre: os homens seriam recrutados à força, uns como carregadores, outros como solda-

dos, as mulheres, as crianças ficariam órfãs mesmo antes de nascer.

O padre foi pontapeando tudo o que encontrava enquanto se dirigia para o armazém. Regressou instantes depois carregando uma mochila e duas pás de cabo longo.

— *Vamos embora!* — sentenciou. — *Vamos apagar Madziwa do mapa. E que Deus me perdoe: vou desfazer o que Ele deixou que acontecesse.*

# Capítulo três

## A VERTIGEM DOS ABUTRES

*A primeira gota de chuva*
*era pequena e tombou em silêncio na terra seca.*
*Mas era água e era redonda.*
*E assim nasceram os oceanos.*

                                            Lenda de Milepa

## 15.

*Mbilo akusasyuka namweaze mwewe.*
[À força de cavar, o coveiro tornou-se um milhafre.]
Provérbio yao

---

Com passo militar, o sipaio Nataniel e o padre Sisnando dirigiram-se para o posto de Madziwa. Iam enterrar os corpos e ocultar os sinais do ataque alemão. O plano era simples: depois de fechar as covas, voltariam a lançar fogo às construções. Diz-se que o que já ardeu não volta a queimar. Mas o fogo é insaciável. Resta sempre um pé de qualquer coisa à espera de ser consumido.

— *Os portugueses virão fazer-te perguntas* — advertiu o padre. — *Como és estúpido, acabarás por cair numa esparrela. Escuta-me bem: vais dizer que, na noite passada, dormiste lá na igreja. Ouviste? Eu e Aluzi confirmaremos esse álibi.*

— *E se eles reabrirem as covas e encontrarem os corpos cravados de balas?* — perguntou o sipaio.

— *Vamos enterrá-los onde nem as hienas os irão encontrar.*

Chegados ao posto, o padre circulou entre as cinzas e foi recolhendo, aqui e acolá, as tábuas menos consumidas pelo fogo. Agrupou-as por tamanhos para depois anunciar:

— *Com esta madeira vamos fabricar um caixão.*

— *E os outros?* — estranhou o sipaio.

— *Não há madeira para todos* — respondeu o padre. — *Além disso, o branco tem uma viagem mais longa.*

Com os sipaios procederiam como mandava a tradição: abririam uma cova onde acomodaria o morto, sentado, com a sua farda, a sua arma e um farnel para a viagem.

## FALA DO PADRE SISNANDO BAIÃO

Lembro-me desse momento. Lembro-me de que acertámos juntos, eu e o sipaio, para que lado virávamos a cabeça de cada um dos defuntos. Porque os havia de todo o tipo: cristãos, muçulmanos e animistas. Não sabemos para que lado ficou virado o português: ao afundarmos a urna na cova, o corpo do infeliz andou aos tombos dentro do caixão.

Em nenhum momento, porém, usámos a palavra "enterro". Para a gente de Milepa, os mortos são "semeados". Reentram num ventre e, por isso, lhes dobram as juntas até ficarem em posição fetal. O rapaz, o Nataniel, ainda me lembrou desse preceito. Mas eu acabei por o deixar assim como ele tinha partido, o corpo todo esticado. Há tarefas que são para os cangalheiros.

Terminei aqueles serviços e esfreguei as palmas das mãos na areia. Assim me despedia dos falecidos. Agora, a terra era a pele dos mortos.

Fechadas as campas, o padre percorreu com os olhos os destroços do posto de Madziwa. Quanto tempo demorariam aquelas feridas a cicatrizar? Tomara que chova, foi a desanimada súplica de Sisnando Baião. Mesmo que fosse uma chuva pouca e fora do tempo. Ergueu o rosto de soslaio como se tivesse vergonha de ser visto por Deus. Foi então que reparou nos abutres. Eram tantos que o céu escureceu.

— *Padre, é melhor sairmos daqui quanto antes.*

O sipaio tinha razão. Sisnando Baião apressou-se a benzer a campa. Antes de aspergir o chão, sacolejou o cantil e viu que a água era pouca e seria um pecado desperdiçá-la. Fechou à pressa o recipiente e apressou-se pelos atalhos que o levariam ao aconchego da sua igreja.

## 16.

> *Abutres e demónios:*
> *nenhum deles usa as asas.*
> *Abraçam o vento e pairam sobre as nuvens.*
>
> Provérbio de Milepa

Naquele momento, na aldeia de Milepa, a profetisa Aluzi Msafiri contemplou os abutres que voavam em círculos. Não eram aves. Eram mensageiras. Foi então que uma das grandes aves desabou como se tivesse tropeçado numa nuvem e despenhou-se como um meteorito sobre a savana. Era um sinal: ao ser enterrado em terras africanas, o muzungo Bruno Estrela acabava de desarrumar o universo. Não tardaria que as autoridades viessem da cidade para pedir contas. Os portugueses começariam por a interrogar. E a vidente teria de esconder a ave de rapina que morava dentro dela.

FALA DE ALUZI MSAFIRI

Eu sabia tudo sobre a vida desse Bruno e não foi preciso que ele me dissesse uma palavra. Estava tudo nos olhos dele. No dia em que abandonou a sua aldeia, lá em Portugal, esse rapaz abraçou as portas e acariciou as paredes. Despedia-se como se a casa fosse parente dele.

Essa maneira de dizer adeus, com o devido respeito, não é coisa de europeu. Isso é o que fazemos nós quando saímos da nossa aldeia. Levamos connosco o nosso chão como quem carrega o cordão umbilical. Foi assim que aconteceu com o meu avô paterno. No dia em que partiu de viagem, ajoelhou-se junto ao cemitério da nossa família e arrastou toda a areia que podia para dentro de uma caixa. Para onde quer que fosse levaria consigo a terra dos antepassados. Nós, as netas, entreolhamo-nos, caladas: o nosso avô proclamava em silêncio que nunca mais regressaria.

Era essa a mensagem dos abutres. Anunciavam não uma despedida, mas uma chegada. Era a guerra que chegava, uma guerra trazida pelos europeus. As covas abertas em Madziwa eram apenas as onze primeiras. Havíamos de abrir tantas sepulturas que todos nós, negros e brancos — que sempre existimos separados — acabaríamos por nos tornar vizinhos nessa cova maior do que a terra inteira. Mãos, que não se tocaram quando eram feitas de carne, iriam entrelaçar-se quando fossem apenas ossos. Acabaríamos por esquecer de que raça fomos e que língua falámos enquanto estivemos vivos.

17.

*Pitxa murima nliti nawe khanixa.*
[Nunca é funda a cova em que se semeia uma pessoa boa.]
Provérbio makwa

Há meia dúzia de anos, quando Sisnando Baião chegou a Madziwa, os rituais eram bem diferentes. Os familiares sentavam os mortos, atavam-lhes um fio de algodão à cintura e esse fio ia girando, girando, puxado pelas mãos da mulher mais velha enquanto, a cada volta, todos anunciavam, em uníssono, o nome de um antepassado. Aos poucos, o morto tornava-se um cemitério vivo, um guardião de todos os nomes, um novelo feito de tempo. Não

era um enterro. Era uma aula. Aqueles defuntos aprendiam a ser deuses ancestrais, os *vazimu ya makolo*.
Como os tempos tinham mudado, pensou Sisnando.
No funeral dos sipaios, Nataniel Jalasi tinha deixado, no fundo de cada cova um papel com o nome do morto e uma mensagem a ser entregue ao Criador. Os papéis tinham sido arrancados de um caderno que Nataniel trazia sempre com ele e que preenchia com uma letra tão minúscula que apenas ele era capaz de decifrar.

### FALA DO SIPAIO NATANIEL JALASI

Lembro-me da viagem que fiz para a cidade, na companhia da minha mãe. Vinha apresentar-me na sede da Companhia do Niassa. Como estava combinado, a mãe ficou numa sombra e eu avancei para a varanda do edifício. Sem erguer a cabeça, o funcionário estendeu-me um formulário de inscrição e mandou que mergulhasse o dedo indicador num tinteiro. Queria a minha impressão digital.

— *Quem lhe disse que não sei escrever?* — perguntei.

O funcionário sorriu com desdém. Sem olhar para mim, pegou-me na mão e afundou os meus dedos na tinta, enquanto resmungava entredentes: — *Quem te disse que me podias fazer perguntas?*

Reconhecendo o meu sotaque, o homem declarou: — *Tu és um yao.* Reagi prontamente: — *Sou um sipaio português.* O funcionário esticou as pernas para engrandecer o corpo e sacudiu a cabeça: — *Esquece, mwana, nunca vais usar uma farda.* Disse isto e rasgou o formulário.

Um dos comandantes da Companhia do Niassa veio à varanda e quis saber o que se passava. O funcionário acusou-me de desrespeito.

Contemporizador, o comandante deu uma palmada no ombro do funcionário. — *Deixa o miúdo sonhar. Desde que ele sonhe em ser como nós.* — Fez uma pausa e prosseguiu: — *E se o miúdo sabe escrever, quem sabe precisemos mesmo dele?* Depois, deu ordem ao funcionário: — *Vai lá dentro ao armazém e traz um novo livro de registo, igual ao que estás a usar. Vamos oferecer essa prenda ao pretito sonhador. Aliás, vais fazer mais* — declarou o comandante. — *Vais oferecer-lhe a caneta que estás a usar.*

O comandante deu uns passos na minha direção e a figura dele tapou o sol quando me perguntou: — *Que idade tens tu, rapaz?*

— Dezassete — respondi sem pestanejar.

— *Mentira, comandante. Este miúdo não tem mais de catorze* — reagiu o funcionário.

— *Volta amanhã* — disse o comandante. — *Vamos arranjar um serviço para ti.*

Quando fui ter com a mãe contei-lhe tudo o que acabara de acontecer. Ela não se mostrou feliz. *Esse chefe-grande é filho de quem?* Encolhi os ombros. *Quem pode saber, mãe?* E a mãe queria saber mais: — *A família dele, quem é?* Em vez de responder, mostrei à minha mãe o caderno com folhas pautadas. Só então ela suspirou, aliviada. E os dedos rodopiaram sobre a insígnia da Companhia do Niassa estampada em relevo na capa rígida do caderno. E era como se ela acariciasse o futuro.

## 18.

> *Eu lavo a roupa.*
> *A roupa lava o rio.*
> *O rio lava a vida.*
> Fala de Aluzi Msafiri

O caderno que Nataniel trazia agora consigo era o mesmo que lhe ofereceram na sede da Companhia. Havia um armazém de papéis no posto de Madziwa. Mas arderam todos durante o ataque. Restou apenas um pequeno caderno, de papel pardo, que pertencia ao sargento. Veio-lhe ter às mãos há mais de um mês, num momento em que Nataniel vasculhava o quarto de Bruno Estrela. — *O que estás a fazer?* Sem esperar pela resposta, o português arrancou o caderno das mãos do sipaio. Depois uma breve hesitação, devolveu-lhe o objeto. *Como compensação*, disse o português, *vais-me escanhoar a barba e rapar-me o cabelo à escovinha.*

— *Tenho cabelo de preto* — queixou-se Bruno, já instalado numa cadeira, enquanto Nataniel afiava o fio da navalha. Por cima da mesa, lá estava a eterna fotografia de Flávia, a noiva que esperava por ele em Portugal. — *Diz-me como ela é, tenho medo de me esquecer* — pediu o sargento. — *Já viste uma rapariga mais branca?* Nataniel disse que não. E mentiu. À sua frente estava um papel desbotado, mais desbotado que os olhos do sargento.

Terminados os acertos capilares, o sipaio espanejou os ombros e o pescoço do sargento. Varria o chão em redor da cadeira quando o sargento lhe estendeu o caderno e a caneta. — *Quero que me ensines* — disse o português.

— Não entendo, meu sargento.

— *Entendes, sim* — contestou Bruno Estrela.

Nataniel deu um passo atrás. Como poderia ensinar o abecedário a um chefe branco? E como podia, para além disso, revelar o desenho das letras a alguém que perdera grande parte da visão? Bruno Estrela leu os pensamentos do sipaio. E insistiu, com doce firmeza — *Sou capaz de ver até o que não queria ver, como esses malditos cabelos espalhados pelo chão.*

— *Fazemos assim* — sugeriu, por fim, o sipaio: — *Eu ensino-o a escrever e o senhor corrige o meu sotaque.*

— *Que sotaque?* — surpreendeu-se Bruno.

— *Quero falar com sotaque português* — repisou Nataniel.

— *O teu sotaque é como o meu cabelo: não tem cura.*

O desafio era maior do que Nataniel podia imaginar: para apagar a raça não lhe bastava falar bem português. Era preciso que ele falasse como um português. O sargento Bruno, num gesto de desalento, passou-lhe o caderno para as mãos. — *É teu, com uma condição: ninguém pode saber que não sou eu quem escreve para os nossos chefes.*


19.

*Tudo vem a caminho.*
*Sobretudo, o que nunca vai acontecer.*
Padre Sisnando Baião


Quando o padre e o sipaio atravessaram o rio Likasulu havia um homem sentado na margem. Estava calçado, demasiado calçado. E tinha a cabeça coberta por um chapéu branco. Não havia dúvida: estava ali um homem da cidade, um "homem de nome", como se diz em Milepa. O forasteiro entregou ao padre vários envelopes. *Estão aqui os relatórios que o padre me pediu*, disse ele, falando em kiswahili. Sisnando Baião pegou nos papéis, varreu-os com os olhos céleres e, incrédulo, perguntou:

— *Mas o que é isto?*

— *É o que está a ver, padre. Ou melhor, é o que não está a ver.*
— Estão assim todos? — perguntou o sacerdote, sacudindo os papéis como se fossem panos velhos.
— *É tudo assim, meu padre.*
O recém-chegado foi ao fundo dos bolsos e retirou um punhado de notas e uma meia dúzia de moedas. Sisnando espreitou atónito por entre as mãos do mensageiro. O forasteiro deixou tombar o dinheiro no meio do chão. — *Fique com isso, padre. Agora é tudo lixo.* Depois, o homem ajoelhou-se na margem para encher o cantil. Aproximou-se de Sisnando e segurou-o pelos cotovelos. Era uma refreada despedida, a metade de um abraço. — *O meu serviço acabou, padre. Agora é muito perigoso andar por aí, pareço um espião. E o senhor sabe o que acontece aos espiões.*

Assim que o vulto do mensageiro desapareceu por entre o mato, Nataniel recebeu as mais categóricas instruções. — *Tu não estavas aqui, Nataniel. Não ouviste nada, não viste ninguém.* — Fez uma pausa e reforçou as palavras com o dedo indicador: — *Aprende uma lição, rapaz: se um dia quiseres um mensageiro de confiança escolhe alguém da tua família.*

— Esse que o visitou era seu parente?
— *Nunca tive ninguém que fosse da minha família.*

## Capítulo quatro

### PROFETAS AMNÉSICOS

*Diz-se, entre os vayao, que o rei Ce Bwonnomalo, da dinastia dos Matakas, teria devorado a cabeça do alferes Valadim depois de a polvilhar com piripiri e de ter declarado que o português era "peixe". Diz-se ainda que guardou o crânio, que passou a usar para fazer as suas libações, tendo-o legado ao seu sucessor e que, daí para diante, todos os Matakas o usaram para o mesmo efeito.*
Manuel Gama Amaral, em *O povo yao*, 1990

## 20.

*Ganhou tal grandeza que derrotou o
exército do céu que são as estrelas e atirou-as
para a terra e depois pisou-as com os pés.*
Daniel 8,10-11

Na ampla sala de espera do palácio do governo da Ilha de Moçambique o capitão Álvaro Centeno aguardava que lhe abrissem a imponente porta esculpida por artesãos indo-portugueses. Álvaro Centeno inspecionou o estado da farda, conferiu a limpeza das botas e apurou o brilho das medalhas que trazia ao peito. Acabava de chegar de Porto Amélia. Passou a mão pelo puxador da porta e lembrou as palavras do pai: não há madeira que não esteja viva. Para saber do estado de alma da tábua, o velho Centeno encostava o rosto aos tampos das mesas.

O esplendor do lugar traduzia a persistente importância da Ilha de Moçambique, apesar de a capital política ter sido transferida para Lourenço Marques, dois mil quilómetros a Sul. Dizem que o palácio demorou séculos a ser erguido. De dia, levantavam as paredes. De noite, os demónios deitavam-nas abaixo. Foi preciso chamar os feiticeiros para acalmar aqueles *djiins*. Só então a terra abraçou a construção. A casa ganhou raiz, disseram os ilhéus.

Com grande fragor, as portadas foram abertas e um soldado convidou Centeno a entrar. O governador Rodrigues Machado e o bispo Dom Manuel Garcia aguardavam-no placidamente instalados num amplo sofá encostado à parede do fundo.

FALA DO GOVERNADOR RODRIGUES MACHADO

Meu caro capitão Centeno: ainda me ocorreu
ir ter consigo a Porto Amélia. Mas depois pensei:
que Porto Amélia? Qual dos três edifícios sobrou

ao ciclone do mês passado? Por amor de Deus, capitão. Os nossos superiores, lá em Lisboa, ainda acham que temos algum governo neste território fora desta ilha, longe deste palácio? Você tem ideia de quantos brancos moram em Porto Amélia? Uns trinta, metade deles já nascidos em África, nem sei se a esses filhos de colonos podemos chamar de brancos. A vila de Porto Amélia não é mais do que a sede da Companhia do Niassa e você sabe quem são os proprietários dessa companhia: os alemães. E eles, os alemães, são os donos das terras de Niassa. E são esses boches que pagam os salários aos sipaios deste distrito.

E agora, direto ao assunto: o senhor vai dirigir uma expedição ao posto de Madziwa. Queremos saber o que se passa com o sargento Bruno Estrela. Há semanas que perdemos todo o contacto com ele. A principal função desse letárgico militar era recolher informações sobre as simpatias que as tribos nutrem pelos alemães. Na eventualidade de uma guerra, temos de saber com quem podemos contar. Em termos práticos, eis o que deve fazer: junte um grupo de soldados, dirija-se a Madziwa e traga-nos notícias desse aquartelamento. Mas não conte muito com o apoio dos locais. Gente falsa, temos de estar sempre com os dois pés atrás.

O governador repetiu a expressão como se fosse um achado: "os dois pés atrás". Apontou em volta e fez ecoar a voz pelo amplo recinto: — *Vê algum cafre dentro desta sala? Sou eu que sirvo as bebidas, capitão. Temos aqui uma bebida especial, uma deliciosa aguardente. Quem a ofereceu foi uma profetisa que nos visitou e que se chama Aluzi Msafiri. Civilizadíssima criatura, sem sotaque, de feições corretas. Enfim, uma verdadeira senhora. Trouxe uma boa dúzia de garrafinhas, distribuímos por tudo quanto é da nossa gente. Você vai ver, capitão, esta aguardente é uma bomba.*

O governador serviu o capitão num copo e o bispo numa chávena de chá. Sugeriu que brindassem pela nova República. O bispo não ergueu a chávena.

— *Em Madziwa há um jovem sipaio que adotou um nome bem português, como é que se chama o raio do rapaz...* — disse o governador e fez estalar os dedos no esforço de se lembrar.

— *Nataniel* — soprou o bispo.

— *Esse mesmo. É um tipo muito educado, muito devoto a Deus e que nos é muito fiel. Traga-o consigo, capitão, traga-o na sua viagem de regresso.*


21.

>   [...] *o mar foi medido e foi acorrentado à terra.*
>   *E a terra foi medida e acorrentada ao mar.* [...]
>   *Tudo o que resta é uma chávena de chá,*
>   *o mais profundo dos oceanos.*
>   Miroslav Holub

O bispo Dom Manuel Garcia ergueu timidamente o dedo mindinho: — *Permita-me uma humilde observação, Excelência: mas não se pode colocar a hipótese de ter havido um ataque contra a nossa posição em Madziwa?*

— *Um ataque?* — O espanto do governador não podia ser maior. — *Um ataque de quem contra quem?*

— *Sei lá, estamos tão longe de tudo* — argumentou o bispo, sem grande convicção.

Inesperadamente, um criado bateu à porta, pedindo desculpa pela interrupção. Anunciou que o assunto era urgente. Vinha acompanhado por um homem de cofió e de túnica imaculadamente branca. O governador desculpou-se e retiraram-se, ele e o visitante.

Assim que Rodrigues Machado fechou a porta, o clérigo movimentou lentamente a mão em direção a uma chávena de porcelana. O gesto era elegante, mas pouco certeiro. Os dedos anafados afundaram-se na chávena e ali ficaram submersos como se fosse um gesto premeditado. Só depois de um tempo, ergueu a taça e sorveu delicadamente a bebida. A seguir fixou os olhos no capitão e perguntou:

— *Sabe o que vem esse árabe aqui fazer? Uma pouca-vergonha, capitão. Ele vem devolver as bandeiras.*

E explicou, em voz ciciada: havia quem alugasse bandeiras portuguesas aos árabes traficantes de escravos. Os contrabandistas içavam-nas nos seus barcos e a armada inglesa que patrulhava a costa não os incomodava.

— *Enganam os ingleses. Não enganam o Altíssimo.* — E o dedo gordo do bispo pareceu tocar o teto do edifício.

— *E Lisboa?* — perguntou o capitão. — *Será que Lisboa sabe destas manigâncias?*

— *Esqueça Lisboa, esqueça a Europa. Sabe qual é o tamanho desta nossa fronteira? Setecentos quilómetros. É mais do que do Minho ao Algarve. O que mais me tira o sono é saber que os que mandam em tudo já perceberam que não têm o controlo de nada.*

— *Sou um simples militar, senhor bispo. Não posso comentar...*

— *Tem toda a razão, capitão. O que é triste é que, sendo eu um bispo e você um militar, ficamos com pouco assunto para a maledicência. Mais triste que isso é que já acabei o meu chá, importa-se de voltar a encher a chávena?*

Assim que o capitão o serviu, o bispo queixou-se: o governador falava numa guerra que estava por vir. Mas a igreja era vítima de uma insidiosa guerra desde que caiu a monarquia. O bispo ergueu um volumoso livro. — *Vê este calhamaço, capitão? Não sabe o que é? Pois, digo-lhe*

*eu: são relatórios de inspeções de contas que o Estado exige à Igreja. Querem saber tudo, malditos republicanos!*
   De súbito, reabriu-se a porta e o governador voltou a entrar no salão: — *Acabou-se a conversa* — sussurrou o bispo. Depois, de forma atabalhoada, dirigiu-se a Rodrigues Machado — *Estava aqui a dizer ao capitão que ele vai ter uma agradável companhia na viagem a Madziwa: a madame Constança Sá de Meireles.*
   Constança era uma aristocrata refinada, filha de gente graúda no Ministério da Guerra, uma quarentona muito bem aparentada e dada a indizíveis extravagâncias.
   — *Essa senhora vai resgatar o sargento Bruno, o seu futuro genro...*
   — *Não acredito que essa seja a verdadeira missão dessa mulher* — interrompeu o governador Rodrigues Machado. No seu entender, Constança era uma enviada dos monárquicos com o objetivo de espiolhar as tropas republicanas, inexperientes em assuntos africanos.
   — *Já sabe, capitão, fique de olho nessa fidalga* — ordenou o governador. — *E agora vamos ao que interessa. Eu tinha aqui um mapa com tudo marcado, o bispo terá mexido nele?* — E o bispo fez um sinal vago com a mão sapuda. — *Bom, não interessa, eu explico-lhe o itinerário, está todo aqui, na minha cabeça.* O plano era realmente simples: a caminho do posto de Madziwa a caravana faria uma pausa em Milepa. Era ali, nessa aldeia, que se encontrava o padre Sisnando Baião. O governador não poupou nos maléficos atributos do sacerdote a ser aprisionado: um traidor, um impostor, um agitador político de saias. O próprio bispo já tinha confirmado: Sisnando Baião não estava registado em nenhuma diocese de Moçambique.
   — *Não é assim, senhor bispo? Fale você, Dom Garcia, fale das heresias desse mafarrico...*
   O bispo suspirou fundo antes de enumerar as ofensas praticadas na igreja de Milepa. Começou por se saber que o padre Baião celebrava missa derramando *nsembe*, a farinha do sorgo, sobre os pés de Cristo. Era aquele o proce-

dimento usado nas cerimónias pagãs dos indígenas. No inquérito a que foi sujeito, o missionário ripostou com insolência: — *Acusam-me de usar farinha na eucaristia? E a hóstia, o que é senão farinha?* Mas o que era realmente imperdoável era Sisnando estar a escrever uma nova Bíblia. Sabia-se ainda pouco do estado desse sacrilégio. Mas chegavam informações de que a nova versão do Livro seria em edição bilingue e profusamente ilustrada.

— *Um momento, senhor Bispo!* E Rodrigues Machado interrompeu o longo desfile de lamentações. Depois, dirigiu-se ao militar e alteou a voz para que se soubesse quem mandava no palácio — *O senhor capitão vai prender esse padreco e não é por motivos religiosos. O que está em causa é a segurança da nação.*

Sisnando Baião tinha dado abrigo ao mal-afamado Bokero, chefe da revolta dos Maji-Maji. Meses depois, o padre deu guarida ao missionário negro John Chilembwe, acusado pelos ingleses de preparar uma rebelião na vizinha Niassalândia. O que, no início, era estranheza foi virando suspeita. Ao fim de um tempo, já não havia sombra de dúvida: o padre Sisnando preparava-se para fomentar uma rebelião a sul do Rovuma. Foi isso que explicou o governador Machado.

— *O meu capitão não vai prender um padre, vai prender um traidor à pátria...*

22.

> *Wakwata kwa mphezi saopa kung anima.*
> [A faísca não tem medo do trovão.]
> Provérbio yao

A expedição encabeçada pelo capitão Álvaro Centeno saiu da Ilha de Moçambique no mesmo dia em que os alemães atacaram o posto de Madziwa. A comitiva integrava três militares montados a cavalo, dez sipaios e uma dezena de *teka-teka*, os carregadores indígenas. Três carroças puxadas por juntas de bois fechavam o cortejo. A maior desta carroça transportava um enorme sino cujo destino era a torre da igreja de Milepa. O repicar daquela campânula iria calar os tambores dos negros e as orações dos *mualimos*. O sino tinha sido previamente benzido pelo bispo. E o capitão deveria, durante a viagem, untá-lo diariamente com óleos sagrados. Assim pediu Dom Garcia. O ferro nasce sujo, disse o padre. Precisa de ser expurgado dos demónios que moram nas entranhas da terra.

Na mais pequena das carroças viajava Constança Sá de Meireles, a futura sogra de Bruno Estrela. No estrado dessa carreta fixaram uma lona que a protegia do sol e das chuvas e, sobretudo, dos olhares dos militares. Constança era vistosa, morena e de olhos fundos e escuros. Usava os cabelos soltos e trajava como um homem: calças de sarja, camisa justa e botas de cano alto. Vinha para África a pedido da sua filha, Flávia, que morria de saudades do noivo, o sargento Bruno Estrela.

FALA DO CAPITÃO CENTENO

Se a portuguesa viesse para espiar, azar o dela. No sertão do Niassa não se passava nada. Fosse qual fosse o motivo desta viagem, dava-me um gozo especial tirar o sebo ao famigerado padreco. De pouco me interessava as suas heresias. Preocupava-me que, por trás desses desvarios, o marmanjo de saiote estivesse a preparar uma sublevação contra a presença portuguesa.

Na minha bagagem, trazia dois preciosos documentos: uma carta de desvinculação assinada pelo arcebispo e um mandado de prisão emitido pelo governador. Se fosse por mim, despachava o assunto de outro modo: um tiro na cachola do padreco. Na aldeia de Milepa só há pretos. Noutras palavras, não há testemunhas. Bom, agora vai passar a haver uma testemunha, essa tal Constança. Mas a finória também marchava. Uma bala no meio do peito. Não há nada melhor que um generoso decote para afinar a pontaria.

23.

> *Wakonwe ali mpela kwinani,*
> *lelo maunde, malawi lyuwa.*
> [Mulher e lua: hoje serena, amanhã escura.]
> Provérbio yao

O negro velho, alto e magro perfilou-se em continência perante Constança Sá de Meireles e anunciou em português — *Apresenta-se o condutor da sua carroça, de nome Chifuniro Winifome. Mas pode-me chamar com qualquer outro nome. Depende da vontade da senhora.*

O homem colocou a carroça em movimento sem tirar os olhos da forasteira. A fulana podia ser branca, mas dificilmente seria mulher. Uma mulher existindo sozinha, ainda mais com chapéu na cabeça? Uma mulher fumando em público? Usando botas militares? Olhando os homens nos olhos?

— *Já me informaram* — murmurou o carroceiro. — *A senhora vai resgatar o seu genro. E eu vou buscar o meu filho Tadala. Ele faz serviço de sipaio lá, em Madziwa.*

EXCERTO DO DIÁRIO DE CONSTANÇA SÁ DE MEIRELES

Há dois dias que viajo sentada numa carroça atrelada a uma junta de bois. Olho o capinzal em frente e não vejo nem trilhos, nem pegadas de gente. O meu amigo Ayres de Ornelas, que pertence à geração dos "centuriões", confidenciou-me que em África tudo é caminho. Porque tudo termina e tudo começa em cada estação do ano. É pena que esses militares da monarquia, que eram aristocratas com grande experiência de África, estejam agora a ser substituídos por gente jovem e arrivista como este capitão que segue à frente da expedição num cavalo que ele maltrata o tempo inteiro.

Quem conduz a minha carroça é um preto velho, alto e escorreito. Logo à partida, enquanto arrumava as minhas numerosas malas, esse meu indígena fez o seguinte comentário:

— *Comigo, a senhora não precisa ter medo.*
— *Não tenho medo* — respondi-lhe.
— *É que vejo tanta bagagem* — comentou o cafre.

Velho atrevido, mas sábio. O que trazemos nas malas não é apenas o que necessitamos. São as paredes da nossa fortaleza, as fronteiras de onde não queremos nunca sair. Confesso que África me traz absurdos pavores. O mais recorrente é que o chão desapareça por debaixo da lama. Na serra onde nasci, no norte de Portugal, cedo me ensinaram: um caminhante avisado não assenta os dois pés na neve. Agora, à minha frente, estende-se um imenso lamaçal, marginado por terras secas e queimadas. Imagino que seja assim o chão do inferno: metade lama, metade cinzas.

— *Chegámos, minha senhora. Este é o posto de Unde.*
A voz do carroceiro era longínqua, enlameada, quase líquida. O velho estendeu o braço para me ajudar a des-

cer. Virou-se de costas e agachou-se até os ombros ficarem nivelados pelo estrado da carroça. Só então entendi: o negro oferecia-se para me carregar às costas. Recusei com veemência. O homem insistiu: *suba, minha senhora, pode subir!* Assim que viu que me preparava para saltar para a carroça, o homem ajoelhou-se, as mãos juntas em súplica. — *Por favor, peço-lhe, bwana wa nkazi, não faça isso. Se a senhora não usar as minhas costas, eu vou ser castigado.*


24.

> *Mpamba wakulolela wnagkawa kwinjila m'meso.*
> [Se viste a flecha, é porque ela já entrou nos teus olhos.]
> Provérbio yao

Chegada a uma floresta de frondosas *mbawas*, a caravana fez uma pausa. Constança chamou o carroceiro e estendeu-lhe uma fotografia. O homem sabia da existência daquelas cartolinas impressas. Mas nunca teve uma nas suas mãos. Cerrou educadamente as pálpebras: espreitar pessoas na intimidade daquele papel era como olhar pela janela de um vizinho.
— *Olha bem para essa fotografia!* — insistiu a portuguesa.
O carroceiro limpou as mãos às calças e equilibrou a imagem entre os dedos. Parecia ter medo que a pessoa fotografada escorregasse do papel e tombasse no chão.
— *Já tinha visto esta menina* — disse Chifuniro.
— *Onde?* — perguntou Constança, espantada.
— *No posto de Madziwa. O sargento Bruno mostrava a fotografia dessa rapariga a toda a gente.*
— *É a minha filha, a Flávia.*

## FALA DO CARROCEIRO CHIFUNIRO

Esperava poder-me exibir, todo vaidoso, depois desta jornada, anunciando aos meus colegas que trabalhei para uma caravana dos brancos. Afinal, não posso dizer a ninguém que transportei uma mulher de calças, viajando sozinha e com botas calçadas.

Confesso, tenho medo desta senhora. Esta *nkazi wa bwana* não pode ser uma simples mulher. Esta pessoa é alguém que atravessa a noite, o corpo dela não tem fronteira. É uma *msawi*. Uma feiticeira. Não posso imaginar como é que os brancos deixaram entrar uma mulher num barco. E atravessou o mar que é um lugar reservado aos homens. Se essa mulher viajou é porque é uma feiticeira.

É por isso que eu peço, de mãos juntas: Deus fique comigo durante esta viagem. Depois, Ele pode ir à vida Dele.

Chifuniro fingiu estar atento aos próprios pés, mas foi espreitando pelo canto dos olhos enquanto a portuguesa não parava de remexer no fundo da bolsa.

— *Agora, vê esta outra!*

O carroceiro voltou a esfregar as mãos nas calças. E ficou preso a uma outra imagem, a de uma mulher de pele escura e cabelos crespos, segurando nas mãos uma enxada. Com um roçar dos dedos, Chifuniro conferiu o tamanho do cabo da enxada.

— *Não conheço esta senhora, mas a enxada dela é igual à das mulheres VaNgoni. Elas é que usam essas enxadas.*

— *Essa é Vicentia, é a mãe do Bruno* — esclareceu Constança. E suspirou, como se lhe faltasse o peito. — *Uma mulher destas vai ser a minha comadre... podes imaginar uma coisa destas?*

— *Posso sim, minha senhora* — disse o carroceiro. — *Na nossa terra somos todos compadres.*

O homem soprou para limpar o pó que se agarrara ao papel. Não era poeira. Eram flocos de tinta que se soltaram e rodopiaram pelo ar. Depois, segurando com a mão esquerda o pulso da mão direita, Chifuniro devolveu a fotografia à portuguesa. — *Desculpe, minha patroa, mas a senhora disse que sua comadre é branca? E ela anda assim descalça fora de casa?*

— *Vicentia é uma mulher de pé rachado, uma campónia analfabeta. Na família dela só há pobres.*

— *Com o devido respeito, minha senhora: existe branco pobre?*

Na aldeia de Vicentia, para além de serem pobres, as mulheres nunca saíam para a cidade, com vergonha da pele escura e do cabelo encarapinhado. — *Aquilo é gente arraçada e casam todos entre eles* — disse Constança. E suspirou, inconformada: — *Vou ter netos mulatos...*

# Capítulo cinco

## A LUA MORDIDA PELO CROCODILO

*Esse homem pré-histórico amaldiçoava-nos, implorava ou dava--nos as boas-vindas? Quem poderia saber? Entre nós e os outros não havia qualquer entendimento; passávamos entre eles como fantasmas, cheios de espanto mas secretamente apavorados, como homens sãos diante da exaltada rebeldia de loucos...*
Joseph Conrad, em *Coração das trevas*

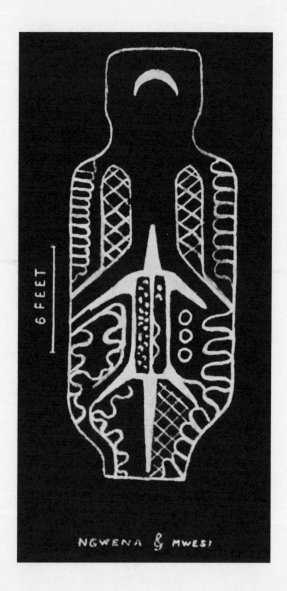

## 25.

> *Observa com um olho só,*
> *escuta com uma única orelha*
> *e responde com metade da boca.*
>
> Provérbio makwa

Era alta noite quando o padre Sisnando e o sipaio Nataniel enxergaram no fundo do vale as bruxuleantes luzes da igreja de Milepa. Apressaram o passo como mariposas atraídas por sóis noturnos. De repente, um homem surgiu no meio da estrada. Estava todo nu, os braços erguidos como se quisesse soltar-se do chão.

— *Quem és tu?* — perguntou Sisnando aproximando o candeeiro do rosto do intruso. Como não houvesse resposta, voltou a interrogar o forasteiro, desta vez em kiswahili.

— *Sou Matias. Matias Kirimi* — respondeu o forasteiro no mesmo idioma.

### FALA DE MATIAS KIRIMI

O padre não era branco. Mas, naquele momento, ele agia como se fosse um deles. E sempre que os brancos querem saber quem sou, levanto as mãos para que vejam que estou desarmado. Os meus braços são asas inúteis. Sou como as aves domésticas: nem o céu nem o chão me pertencem. Assim, de braços abertos e as mãos rendidas, os brancos acreditam que, mesmo que eu bata as asas, eles serão donos do meu voo.

Há pouco, quando saltei para o caminho, soletrei devagar o meu primeiro nome como se aquele "Matias" me tornasse menos preto. O padre sorriu, com altivez. Não fazia ideia de que lhe entregava a casca para salvar o fruto. Procedi assim porque há muito que estou avisado: é pelo nome que nos começam a roubar a alma. No momento seguinte, como eu já adivinhava, o padre perguntou pela minha tribo. O nome e a raça não bastavam. Nos tempos de hoje, disse eu, ninguém sabe quem é quem, nem de onde vem.

No final, o padre voltou ao assunto da cor da pele. Disse que eu era demasiado claro para ser um negro retinto. Respondi que não sabia responder. Ele que me dissesse de que raça eu era. Essa é a especialidade dos brancos: as raças.

Sisnando Baião suspirou longamente para depois sentenciar: — *Veste-te!*
— *Não posso* — declarou Matias Kirimi.
— *Como não podes? Isso que tens aos teus pés não é uma trouxa de roupa?*
— *Trago nessa trouxa uma farda, umas botas e uma pistola. Sou um askari. Acabei de fugir das tropas dos madjerumani.*

A declaração não alterou Sisnando Baião, que deu um passo em frente e mandou que o desertor entregasse a pistola.
— *Fui um dos soldados que atacou o posto* — confessou o askari.
— *Que posto?* — perguntou o padre.
— *O de Madziwa.*
— *Eu e o sipaio Nataniel passámos agora em Madziwa e não vimos vestígios de nenhum ataque.*
— *Eu estava lá, senhor padre* — teimou o homem. — *Fui eu que confirmei a morte do sargento Bruno. E a morte de todos os outros.*

26.

*Cakwiga cangagomba ngoma.*
[O que está por vir não faz tocar os tambores.]
Provérbio yao

O padre aproximou-se do sipaio Nataniel, baixou a lanterna para se ocultar no escuro, apontou com o braço esquerdo para o intruso e ciciou com firmeza:
— *Mata-o!*
— *Matar?* — perguntou Nataniel, aterrorizado.
— *Pega na porcaria da pistola e dá um tiro neste cabrão* — insistiu o padre. E acrescentou, enfático: — *Este sacana vai-te incriminar. Quando os teus superiores souberem o que aconteceu no posto, encostam-te a um paredão e limpam-te o sebo.*
— *Não consigo* — murmurou o sipaio.
O desertor interrompeu aquela altercação, tombando de joelhos e erguendo os braços como um Cristo. — *Não me matem* — suplicou, falando agora em português.
Calaram-se os três. De súbito, o sacerdote tirou a pistola da mão do sipaio e apontou-a para o cabeça do desertor. Nataniel saltou para o meio do caminho, interpondo-se entre os dois homens e gritou:
— *Não dispare! Este rapaz é meu irmão.*
— *Deus me perdoe* — clamou o sacerdote, baixando a arma. — *Raios vos parta, vocês são todos irmãos...*
— *Se me poupar a vida, salvo-o eu a si, senhor padre* — prometeu Matias. Uma gargalhada foi a reação do missionário. O askari prosseguiu num tom firme — *Ouvi dizer entre os alemães que os portugueses estão a preparar uma expedição para o vir prender, senhor padre.*
— *Prender-me?*
— *Estão aqui, mais dia menos dia.*
O padre chamou à parte o sipaio — *Diz-me a verdade, Nataniel. Esse tipo é teu irmão de sangue?* — Nataniel

confirmou com um lento acenar de cabeça. — *Saiu de nossa casa, muito cedo. Não se lembra que já lhe tinha falado? É uma história muito comprida, padre...*
— Há alguma história que, em Milepa, não seja comprida? — E resmungou enquanto retomava a marcha — *Não interessa, agora temos de ir. Quando chegares à aldeia contas-me.*


## 27.

*À serpente corta-lhe a cabeça,
ao escorpião corta-lhe a cauda.*
Provérbio de Sofala

Matias Kirimi sentou-se no meio do atalho à espera que fosse revogada a sentença. Uma nuvem de mosquitos rondava à sua volta. Passado um tempo, o padre debruçou-se sobre ele e afirmou entredentes: — *No ataque ao posto não houve sobreviventes. Sabes porquê?*
— Morreram todos? — balbuciou a medo o askari.
— Nada disso — corrigiu o padre. — *É que não houve nenhum ataque. Estás a perceber?*
O askari sacudiu a cabeça, entre o receio e o embaraço: — *Não são só os portugueses que vão chegar. Antes deles, o senhor padre também vai receber a visita do médico alemão. Deve chegar amanhã.*
— Mas quem és tu? Um agente duplo? — indagou o padre. Os olhos fixaram-se no rosto do desertor. — *E o que vem esse boche aqui fazer?*
— Ele vem por minha causa. Os portugueses têm medo do senhor. Os alemães têm medo de mim.
Com gestos bruscos, o padre retirou da mochila uma túnica e estendeu-a em direção ao intruso.
— Veste-te, desgraçado, tu nem morrer mereces.

O askari Matias Kirimi escondeu-se no escuro para se meter nas novas vestes. Era como se o ato de se vestir pedisse mais pudor que a nudez. Nunca imaginara que a língua portuguesa lhe salvaria a vida. Mediu cada palavra, como se escolhesse o caminho entre um chão minado. E declarou com inesperada convicção — *Não sou um desertor. Pense bem, padre Sisnando: eu era o tradutor do doutor Schreiber. Era eu que transmitia aos soldados as ordens dele. Aqueles soldados são vayao, são vaNgoni, são vanyanja. Muitos deles não falam kiswahili, nem inglês, nem alemão. Como podem agora obedecer ao major?* — E o askari prosseguiu, cada vez mais confiante: — *Um soldado que não obedece, deixa de ser um militar.*

Sem a presença de um tradutor aconteceria ao seu antigo pelotão o que sucedeu com a cobra que não sabia onde estava a cabeça. Acabou por se morder a si mesma. É assim que morrem as serpentes. É assim que acabam as guerras.

28.

*A areia é a sua própria viagem: duna, pegada e vento.*
Provérbio de Milepa

Sisnando Baião foi apressando a marcha, seguindo por um carreiro que ele mesmo criava com a sua lamparina. Nataniel e Matias esforçaram-se por estugar o passo.

— *És dos que rezam?* — perguntou Sisnando dirigindo-se ao desertor.

— Rezo na igreja — esclareceu Matias. — *O meu pai rezava na mesquita. Mas todos, na nossa família, continuamos a fazer as nossas cerimónias. Fazemo-las durante a noite.*

— *E está certo* — admitiu o padre. — *Os deuses traba-*

lham por turnos. *Quem trabalha a tempo inteiro é o demónio.*

Matias Kirimi foi adiantando o passo para caminhar lado a lado com o sacerdote. Ganhava assim um novo estatuto, ombreando com o missionário.

— *Sou um homem de coragem* — declarou o askari. — *Fui um dos revoltosos de Maji-Maji. Conheci pessoalmente o chefe Bokero.* — Levantou a túnica e aproximou-se da luz a exibir o peito tatuado. — *Veja, padre, reconhece esta marca? É o escudo de guerra dos VaNgoni.*

Sisnando Baião raspou os traços da tatuagem como se conferisse a sua autenticidade: — *Mataste alguém, rapaz?* O desertor baixou os olhos, sem responder. — *Dizem que os askaris são canibais. Quantos comeste?* — insistiu Baião. Sem esperar pela resposta, dirigiu-se a Nataniel apontando para o desertor. — *Esse teu irmão não passa de um carregador fardado.*

— *Como pode ter a certeza?* — perguntou o sipaio.

— *Nos olhos de quem matou fica uma cicatriz* — afirmou Sisnando Baião. Balançou a cabeça, como se sacudisse o vazio e concluiu: — *Não confio em ti. Vou ter de te prender.*

— *Desculpe, senhor padre, mas onde se prende alguém em Milepa?*

— *Sei que não há prisão em Milepa* — admitiu o padre. — *Não há sequer palavra para dizer "prisão". Mas eu tenho solução para isso* — argumentou. — *Prendo-vos um no outro. Cada um dos irmãos vai ser a prisão do outro.* Foi o que disse, divertido, o missionário.

Os jovens viraram-se de costas um para o outro e o padre atou-lhes os pulsos. — *Não há prisão em Milepa? Agora vai haver uma dupla prisão. Vou-vos fechar na minha arrecadação* — rematou o sacerdote. E fez subir o corpo para proclamar a sentença.

— *Estão condenados, os dois. Um por ser um assassino. E o outro por continuar vivo.*

29.

*Apao ndi mchenga, madzi apita pansi.*
[A família é como a areia, a água passa por baixo dela.]
Provérbio nyanja

Era noite quando os três viajantes chegaram à aldeia. O padre escolheu um atalho e dirigiu-se para as traseiras da sua casa. Ali encarcerou os dois jovens na arrecadação. Depois, retomou o caminho em direção ao centro de Milepa. Apesar da hora tardia, toda a aldeia se tinha concentrado no átrio da igreja para festejar a chegada do missionário. Há quem se surpreenda com a euforia com que a aldeia de Milepa celebra os regressos. Não sabem que, em certos lugares, partir é uma sentença e voltar é um milagre.

O padre abençoou os que o saudavam e, assim que fechou as portas da igreja, a multidão retornou a suas casas. Na arrecadação, Nataniel e Matias espreitaram para confirmar se restava algures uma fogueira, uma lamparina a petróleo ou um desses candeeiros onde arde o óleo de rícino. Mal confirmaram que a aldeia adormecera, os jovens se abraçaram. Assim, de braços entrelaçados, chamaram-se de "meu irmão". *Acimwene wangu*, murmuram, numa só voz. Permaneceram abraçados até que, com firme suavidade, Nataniel afastou o irmão.

— Mataste os meus companheiros, Matias. E quase me matavas a mim.

— Engano teu. O que fiz foi salvar-te.

— Desde que nasci que me ando a salvar de ti, Matias.

— Pronto, eu já sabia... deixemos o passado, Nataniel. O passado já não existe. Não existe nem para te proteger, nem para me ameaçar.

## FALA DE NATANIEL JALASI

O que Matias disse não era verdade. O passado não tinha desaparecido. Ao contrário, tinha-se tornado a minha pior doença. Dentro de mim, certos episódios nunca pararam de acontecer. Por exemplo, o momento em que, sentado no pátio, eu fazia os deveres da escola, o caderno aberto no meu colo. Matias sacudia a capulana da nossa mãe. *Quando é que o mano vai acabar de escrever,* perguntava ele. *Nunca,* respondia a mãe. *Nataniel só vai parar de escrever quando acabarem as palavras.* E Matias insistia: *e faltam quantas?* Em Milepa ninguém aponta com um dedo só. Aponta-se com a mão inteira, os dedos todos juntos. Por isso, era um mau sinal aquele dedo em riste da nossa mãe: *vai-te embora, Matias, deixa o teu irmão em paz.*

Certa vez, estando a mãe ausente, o meu irmão arrancou-me a caneta das mãos e apontou-a contra o meu peito. Soprou no meu ouvido: àquilo que tu chamas caneta, eu chamo faca, uma faca bem afiada. Depois, levantando-me pelos cabelos, rosnou ao meu ouvido: *queres ter cabelo de branco? Primeiro, tens que deixar que te arranquem a cabeça.*

A seguir, deixou-me cair no chão e rasgou o caderno em pedaços: — *Agora, quero-te ver mastigar esses papéis. Depois vais cuspi-los. Com essa pasta vais fazer bonecos. É isso que vais fazer. E será esse o único serviço do papel durante toda a tua vida: fazer bonecos. É o que tu és, Nataniel, um boneco feito pela mão e pelo cuspo dos brancos.*

A nossa mãe voltou naquele momento a casa, recolheu os restos de papel e os pedaços da caneta. Depois, entrelaçou os dedos nos dedos de Na-

taniel e disse — *A mão, a tua mão é a tua caneta.*
A seguir, entregou-me uma cesta com farinha de mapira — *Esta é a tua tinta.* Apontou a areia escura do quintal e murmurou:

— *Este é o teu papel. Não te esqueças, meu filho, um naco de mandioca seca, um pedaço de carvão, uma gota de seiva, uma concha de farinha, qualquer coisa pode servir. E se te faltar tudo isso rabisca na areia com as unhas como fazem os escaravelhos. Mas escreve sempre, Nataniel. Escreve mesmo depois de deixar de haver palavras.*

FALA DE ALILE JALASI

Não há filhos preferidos, é o que se diz. Mas eu, confesso, eu tinha um filho preterido. E todos sabiam, incluindo o próprio Matias. Era ele o menos amado. A razão para esse desamor era só uma: o rapaz ia ficando mais e mais parecido com o pai. Matias não tinha culpa. Ele apenas cumpria a regra: em Milepa: os filhos repetem as vidas já vividas pelos mais velhos. Para salvar os meus filhos dessa maldição, era preciso que eles abandonassem o lugar onde nasceram. Mas para partirem de Milepa era necessário que Milepa saísse deles. E eu sabia como arrancar aquele lugar de dentro deles: a aldeia emigrava dos meus filhos sempre que eles entrassem na sala de aula. A aldeia retirava-se deles de cada vez que abriam um livro. Milepa partiria para sempre quando eles começassem a ter um futuro.

Se fosse eu a decidir nenhum dos meus filhos teria ido às cerimónias do *unyago*. Mas eu era apenas a esposa de Bomani e era a única esposa. Não tive coragem de o enfrentar. Em Milepa dizemos, a coragem acontece quando o medo que chega atrasado. Inventei doenças para adiar a iniciação de Nataniel. O sangue dele ainda está muito aguado, dizia eu, deixemos as veias dele amadurecerem. O que me apetecia dizer nunca disse: há anos que Bomani era um dos ngalibas nas cerimónias de iniciação. Pelas mãos dele passaram dezenas de rapazes. Não sei o que lhes ensinou. Mas sei o que ele nunca aprendeu. Nunca aprendeu a respeitar as mulheres. E quem não respeita as mulheres não pode amar nem ser amado pela vida.

    Ainda tive esperança que levassem Bomani como escravo. Mas os barcos dos vazungo e dos warabu já não levavam a nossa gente pelo mar afora. A partir de agora eles iriam escravizar-nos na nossa própria terra.

# Capítulo seis

## SONHOS PÓSTUMOS

[...] *tu és quem retorna*
*para apagar da areia o vazio do teu passo;*
*o herói miserável que escapou do combate*
*e apoiado no seu escudo contempla a derrota a arder...*
                                                    José Emílio Pacheco

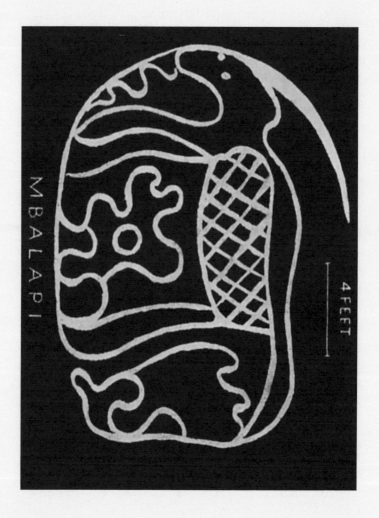

30.

> *A noite é uma mulher:*
> *quanto mais lua, mais sangue.*
> Provérbio de Milepa

A meio da noite, a portuguesa Constança Sá de Meireles acordou sobressaltada. Acendeu o candeeiro e iluminou o caminho para a varanda da cabana. Sentou-se no último degrau, esgotada: mesmo dormindo, a culpa não lhe dava descanso. Ela não vinha a Madziwa para se tornar sogra de Bruno. Vinha para impedir o matrimónio da sua única filha, Flávia Meireles. Esse era o plano que congeminara há uns meses. Forjara cartas que iria apresentar como sendo da autoria da filha e que anunciavam o fim do noivado. Seria fácil enganá-lo. Para Bruno Estrela toda a caligrafia era igual. Constança teria de ler em voz alta essa sentença contra os sonhos do jovem sargento.

Todo esse plano mudou na véspera da viagem quando Constança surpreendeu Flávia derramada no chão, um rio de sangue desaguando-lhe pelos pulsos. Na mesa de cabeceira, um bilhete: "sem Bruno não posso viver". Naquele mesmo momento, a aristocrata decidiu: viajaria ela mesma para África para resgatar o futuro genro.

FALA DE CONSTANÇA MEIRELES

África é uma terra estranha. Não somos nós que a habitamos. É ela que nos habita. Talvez por isso na noite passada me tenha assaltado um sonho estranho: o meu genro Bruno emergia das águas escuras do rio. As roupas encharcadas dificultavam-lhe a marcha e os olhos rasgados, aqueles olhos que cegavam o céu de Flávia, agora só serviam para atrapalhar o caminho. A farda tornava-o envelhecido a tal ponto que, de repente, pareceu-me ter à minha frente o meu próprio pai. Quando Bruno Estrela me olhou, percebi que não me reconhecia.

— *Sou eu, Constança, a mãe de Flávia. A tua futura sogra.*

Chamei-o pelo nome, estendi os braços para o abraçar. — *O que fizeram de ti, meu filho!* E nada mais eu disse porque o rapaz tresandava a catinga. Se é verdade que o suor não vem da pele, mas da alma, então o Bruno Estrela já não era nosso. Retornava à raça dos seus antepassados, os negros de Portugal. Quando o abracei, o uniforme dele desfez-se em fiapos que tombaram aos meus pés. Mantive-me grudada nele com medo de o encarar todo nu. Sou viúva. Há muito que não tenho um homem nos meus braços.

Na escada da cabana, a portuguesa percebeu que um vulto atravessava o escuro. Subiu um degrau para enxergar melhor. Era o capitão que se aproximava com uma lanterna na mão. Envergava as calças do uniforme e uma camisola interior de mangas cavadas.

— *Os chacais não a deixaram dormir?* — perguntou Centeno.

— *Sou eu que não me deixo dormir. E ainda bem, porque está uma noite soberba.* — E apontou para o último degrau da escadaria: o militar que ficasse o mais longe possível. — *E a si, capitão Centeno, o que lhe rouba o sono?*

— *Um sonho, um sonho muito estranho.*

— *Não me conte, capitão. Odeio que me contem sonhos. Quem conta um sonho não é a mesma pessoa que sonhou.*

O capitão colocou um dedo em riste sugerindo que se guardasse silêncio. Do outro lado do rio, uivavam os chacais. Centeno passou as mãos pelos braços e prosseguiu — *Disse-me o seu preto que, há uns dias, passou por aqui um chacal que trazia na boca o braço de um ho-*

*mem.* — Fez uma pausa e fixou os olhos no rosto da interlocutora. — *Não creio, dona Constança, que esteja a perceber a gravidade do incidente. Quando eu digo "o braço de um homem" é porque estou a falar de um branco. Era o braço de um branco.* — E concluiu num tom mais severo. — *É bom que entenda, dona Constança: aquele chacal perdeu o medo de atacar pessoas!*

Do mesmo modo, os negros perderiam o medo dos brancos depois de matarem o primeiro europeu. *Essa é a razão*, acrescentou o capitão, *por que se deve restringir ao máximo a entrada dos indígenas nas nossas tropas.*

Constança interrompeu o infindável discurso do capitão — *Por amor de Deus, em respeito a essa lua maravilhosa, fique um minuto calado.*

— *Não há nada de poético no luar, cara Constança. As noites iluminadas são boas para os que matam. Os mais fracos, os que precisam de se esconder, esses dão-se bem é com a lua nova.*

— *Talvez eu faça parte dos que matam, capitão Centeno.*


31.

> *Zuva rinobuda, miesi ifisi.*
> [O sol nasce, a lua é uma hiena.]
> Provérbio shona

Ouviu-se no mato um prolongado restolhar. Podiam ser bichos, podiam ser pessoas. O capitão disparou para o ar. De imediato, a noite se encheu de clamores, uivos e rugidos. Depois, a bicharada se amansou e restou o penetrante lamento dos chacais. O capitão Álvaro Centeno mandou chamar um caçador. O homem aproximou-se estremunhado, acompanhado por Chifuniro Winifome. A poucos metros da varanda, atirou-se ao chão para depois se aproximar rastejando. Arrastava-se como um bicho. Não pedia licença. Pedia perdão por existir.

A portuguesa mandou que o homem se levantasse. Num tom contido, mas firme, Centeno corrigiu: *aqui quem dá ordens sou eu*. E logo a seguir, usando Chifuniro como intérprete, interrogou o caçador: — *Escutámos bichos a uivar. Foram os vossos cães?*

Sentando-se na areia, o homem ajeitou a tanga que lhe cobria as pernas e, sem nunca erguer os olhos, falou pausadamente para dar tempo ao tradutor.

FALA DO CAÇADOR ANÓNIMO

Os cães que dormem à nossa porta não pertencem a ninguém. Não os alimentamos. Os bichos são iguais às pessoas: os que não pedem favores são donos da sua vida. Disseram-me que os brancos tratam os cães como se fossem pessoas: dão-lhes nomes e dormem com eles na mesma casa. Dizem que até os enterram com uma cruz por cima.

Quando os tratam assim, os espíritos dos cães ficam confusos: já não sabem se pertencem a uma pessoa ou a um bicho. Um desses espíritos pode, neste mesmo momento, querer entrar dentro do senhor, meu patrão. Esse *muzimo* pode ser de um cão. Pode ser de um chacal. Pode ser de uma pessoa. O patrão sente medo, quer ser dono desse muzimo. Mas um espírito não pertence a ninguém.

Peço desculpa por ter falado tanto. Nós, os vayao, não recebemos um visitante apenas com duas palavras. Contamos-lhe uma história, cantamos, dançamos. Foi assim que fomos educados.

— *Vou é dormir* — murmurou o capitão assim que o camponês se calou. — *Faça o mesmo, minha senhora. Aqui não se aprende nada e amanhã partimos cedo.*

FALA DE CHIFUNIRO WINIFOME

Passei agora por um dos momentos mais difíceis da minha vida. Nada do que disse o caçador podia ser traduzido. Porque eram palavras desrespeitosas e até mesmo ofensivas. Tive de inventar tudo. O homem não chegou a falar dos cães. Começou por se lamentar: aquele branco estava preocupado com o lamento dos bichos, mas nunca escutou as pessoas a chorar de fome. O único serviço que nos restava a nós, negros pobres, era o de carregadores. Mas agora nem isso podíamos fazer. As caravanas terminaram. Onde iremos arranjar um outro trabalho? Eu sei, patrão. Só nos resta arranjar emprego no exército dos brancos. Nas tropas inglesas, alemãs, portuguesas, tanto faz. Há uns que se queixam de que a paz vai terminar. Pois que termine e termine rapidamente! Que paz é esta? Não há, entre nós, pobres negros, quem não viva em guerra a vida inteira. É a guerra para sobrevivermos e darmos de comer às nossas crianças. O senhor pergunta-me quem está a uivar lá no mato. Eu antes sabia responder. Agora, já não sei. O choro dos nossos filhos confunde-se com o dos bichos noturnos.

Tudo isto disse o caçador. E eu não traduzi uma única palavra.

32.

*Jikakikape jangawuma mbili.*
[Sozinho ninguém é uma história.]
Provérbio nyanja

De regresso à sua cabana, o capitão matou a fome e a sede: uma fatia de pão com atum em conserva e um copo de vinho tinto. Como era seu hábito, registou as ocorrências do dia. Quando regressasse à Ilha de Moçambique levaria consigo o relatório da viagem já concluído.

Teve de se apressar antes que os insetos cobrissem os vidros do candeeiro. Não fez uso da caneta. Tinha-a perdido algures, durante a jornada. Recorreu à velha pena de ganso que o pai lhe ofereceu quando concluiu a escola militar. No momento da oferta, o pai contou a história do objeto com que presenteava o filho. Era assim que procedia: para ele, as coisas tinham valor porque tinham uma história. Aquela pena tinha sido retirada de um desses gansos chineses que mudam de penugem antes de migrarem para as terras meridionais. Apenas as penas da asa esquerda servem por causa da curvatura que se ajusta às costas da mão e facilita a visão do escriba. E o pai pousou para sempre a sua velha mão sobre o braço do filho.

A luz fraquejava e os olhos pesavam e o militar decidiu adiar a escrita para o dia seguinte. Arrumou os papéis, passou por água o bico da pena e foi-se deitar. Sonhou que era visitado por um ganso. A grande ave estava pousada na janela, tremendo de frio. Centeno abriu uma fresta e deu-lhe abrigo. O bicho olhou-o como se lesse os seus pensamentos.

— *Por que estás tão cansado?* — perguntou o capitão.

— *Voei centenas de quilómetros* — respondeu-lhe a ave. Serpenteou com o pescoço antes de voltar a falar. — *Talvez seja esta a minha última viagem.*

Álvaro Centeno ficou de tal modo alarmado que empurrou o bicho para longe do parapeito e fechou violentamente a janela. Sentou-se à mesa disposto a registar a estranha ocorrência. Mergulhou a pena no tinteiro e, quando a quis levantar, sentiu que ela pesava bem mais do que esperava. Agarrou-a com os dedos, primeiro, e depois com as duas mãos. A pena não se movia. Puxou-a com toda a força e viu que, agarrado à pluma, vinha o ganso inteiro. Estava vivo e tão sujo de tinta que lhe pareceu um gigantesco corvo. Com as patas e o bico, a ave arrastou a cabeça do português para dentro do tinteiro que, entretanto, tinha crescido de tamanho até se tornar numa enorme bacia cobrindo todo o tampo da mesa. Centeno acordou estremunhado. E escutou, mais perto, os chacais rondando a cabana.

33.

*A noite inteira o poeta na sua mesa,*
*tentando salvar os monstros germinados no seu tinteiro.*
*Monstros, bichos, fantasmas de palavras circulando,*
*urinando sobre o papel, sujando-o com o seu carvão.*
João Cabral de Mello Neto

O capitão saiu alvoroçado dos seus aposentos, o candeeiro balançando nos dedos trémulos. Quanto mais iluminava o caminho, menos via os próprios pés. Bateu à porta de Constança para lhe contar o pesadelo. A mulher recusou abrir. Ele que falasse do outro lado da porta. O relato do capitão foi pungente, como se estivesse a reviver o que acabara de sonhar. Talvez esperasse alguma empatia. A mulher permaneceu calada. Aprendera na infância a conter as emoções. Os sentimentos são como roupa a secar ao sol: apenas os pobres exibem essas intimidades em público.

— *Um corvo preto* — repetiu o capitão. — *O ganso chinês transformou-se num corvo africano.*
— *Não lhe pedi para não me contar sonhos?*
Sonhos lembram outras vidas. Era isso que Constança não queria. Porque lhe custava a recordação dos últimos anos do seu pai. O velho coronel Meireles, já muito debilitado, escrevia versos num caderninho e a letra era tão má que ele próprio não compreendia o que tinha acabado de escrever. Era a esposa que decifrava as suas anotações. Lia alto para o marido. E o velho pai sorria, com indulgência. Sabia que a mulher inventava. Mas pouco importava essa mentira. Bastava-lhe a voz dela para que tudo fosse verdade. O que o coronel não sabia era que havia entre os versos mal rabiscados cartas que ele endereça, por engano, não à esposa, mas a uma tal Vicentia, empregada de casa e mãe de Bruno Estrela.

## 34.

*As bibliotecas dos jesuítas
foram parar às fogueiras dos índios,
ou foram utilizadas para fazer cartuchos de pólvora.*
Jorge Abelardo Ramos

De volta à sua cabana, o capitão Álvaro Centeno tomou assento e abriu espaço na mesa. Usou a caneta que a portuguesa lhe acabava de emprestar. Os seus gestos eram de uma precisão marcial. Ao escrever, ele voltava a colocar o mundo em ordem. Fez pairar a caneta sobre o papel antes de rabiscar a primeira letra. Era o seu ritual. O mesmo das aves de rapina que adejam em círculos antes de se lançarem sobre a presa. Desta vez, porém, o capitão sentiu a caneta pesada. Custou-lhe começar. Não era a caligrafia que o atrapalhava. Era uma outra coisa. Talvez fosse a crepitante chama do candeeiro de parafina. Ou talvez fossem os insetos revoluteando em redor da luz. A verdade é que não lhe ocorria nada. Estranho. Ainda há instantes sabia exatamente o que iria escrever. Levantou-se. Foi à varanda, escutou as cigarras e, mais ao fundo, o suave correr do rio.

Aos poucos, as ideias foram surgindo com clareza. Reocupou a mesa, determinado. Mas logo foi possuído pela angústia da página em branco. Desta vez ficou assustado. Não eram apenas os assuntos que lhe tinham fugido. Não se lembrava do desenho das letras. Desconhecia a forma de todas as vinte e três letras do alfabeto. Estou a ter uma trombose? Pensou que gritava, mas não escutou uma palavra.

E foi um vaivém a noite inteira: da cama para a mesa, da mesa para a varanda, da varanda para lugar nenhum. Quando despontou o sol, o capitão, de olhos turvos, ergueu a arma e apontou-a para a outra margem do rio. E percebeu, atemorizado, que deixara de haver margem.

## 35.

*Já me rasgaram as roupas, já me atiraram ao chão.*
*Mas nunca um homem tomou posse de mim.*
*Bem podem estraçalhar-me as roupas.*
*Só fico nua nas mãos de quem me ama.*
Diário de Aluzi Msafiri

A portuguesa acordou alvoroçada com o som do disparo. Encontrou o capitão estendido à entrada da cabana. Sacudiu-lhe os ombros — *Sou eu, capitão, sou a Constança*. O militar deu acordo de si e soergueu-se, com a ajuda de Constança. — *Vou fazer-lhe um chá* — anunciou a mulher depois de ajudar o infeliz militar a deitar-se no leito. O militar negou com um gesto lento. Preferia a *nyipa*, disse ele. *Não entendo*, murmurou Constança. O capitão apontou para a garrafa de aguardente que trouxera do palácio do governador.

Constança acompanhou o atordoado militar e ergueu o copo como se medisse a luz que atravessava a janela. Chovia torrencialmente. A portuguesa alteou a voz para vencer o ruído da chuva tombando sobre a tenda:

— *Já alguma vez tinha visto chover, meu capitão?*

Assim como começou, a bátega terminou. O mato encheu-se de sibilos, zumbidos e estridências. Álvaro Centeno esticou devagar o braço como se estreasse as suas próprias mãos. Como que por percalço, acabou tocando nos cabelos de Constança. No início, ela não reagiu, e os dedos do capitão foram roçando a nuca da mulher. Quando se sentiu acariciada, Constança sacudiu vigorosamente os cabelos, levantou-se e deu dois passos até se encostar na parede de madeira.

— *Não me toque, capitão. É que eu... como posso dizer?* — Raspou os dedos nos dedos na madeira e, de olhos fechados, declarou: — *Com todo este tempo de viúva, tornei-me o meu próprio marido.*

A chuva recomeçou, desta feita lenta e miudinha. A portuguesa sentou-se junto ao capitão e, depois de uma longa pausa, voltou à fala. — *Posso-lhe pedir uma coisa, capitão Centeno? Fale-me de uma batalha, uma única batalha, que o senhor tenha enfrentado nos sertões africanos.*

A pergunta era capciosa. Constança sabia que África era uma estreia na vida do capitão. Depois da proclamação da República, os oficiais que serviram a monarquia foram demitidos. Seguiam para África os militares que desconheciam completamente o terreno. O pai de Constança tinha participado nas campanhas africanas. Quando a filha lhe pedia para contar histórias dos combates, o coronel Meireles ficava calado. Mas o silêncio dele era diferente do silêncio do capitão Centeno. O pai de Constança não queria lembrar. O capitão não tinha nada para ser lembrado.

Uma espécie de amnésia atinge os que regressam da guerra. Quem viveu essa experiência não se lembra de quem foi durante as batalhas. Não é que se tenha esquecido. É o oposto. Está demasiado cheio de lembranças.

36.

> *Alegria da escrita.*
> *O possível perdurar.*
> *Vingança da mão mortal.*
> Wisława Szymborska

O capitão não disse tudo a Constança. Não disse que estava angustiado com os acessos de pânico que lhe sucediam com crescente frequência. O ganso e o corvo foram apenas os casos mais recentes. Surgiam como assombrações e logo se diluíam no esquecimento. Desde que chegara a Moçambique, Álvaro Centeno passou a tomar nota de tudo como se as coisas apenas acontecessem depois de serem escritas. Um caderno escolar passou a ser o seu mais fiel companheiro. Para lembrar o que fizera, para saber o que devia fazer.

— *Não se preocupe, capitão* — consolou-o Constança — *Não me lembro da cura do meu falecido marido.*

FALA DE CONSTANÇA MEIRELES

Depois da morte do meu marido, mudei-me para a quinta da nossa família. Foi ali que a minha filha, Flávia, se deu de namoros com o filho do caseiro, o apalermado Bruno Estrela. Numa ocasião, o pai do Bruno, mandou que a esposa Vicentia se apresentasse no curral onde ele marcava os bois a ferro e fogo. A mulher permaneceu de pé, junto à fogueira, enquanto o marido retirava do bolso um caderno escolar.

— *De quem é este caderno?* — perguntou o homem. Não deu tempo a que ela respondesse. Deitou o caderno para a fogueira e depois usou o ferrete para remexer as brasas.

Vicentia limpou as mãos ao avental e confessou que ela, às escondidas, tinha aprendido a escrever com um grupo de outras mulheres. — *Gostas de letras, Vicentia?* — perguntou o marido num tom de voz quase impercetível. Estava bêbado e as palavras embrulhavam-se umas nas outras. Ergueu-se devagar e levou um tempo a equilibrar-se. Com inesperada agilidade, agarrou a mulher pelos cabelos e mandou que o filho a prendesse de encontro à parede. — *Segura-a, cabrão, segura-a!*

O rapaz ficou parado, de olhos fechados, sem saber o que fazer. Quando voltou a abrir os olhos já era tarde. O ferro em brasa já tinha marcado as costas da sua mãe. Aconteceria como nos bois: apenas a morte podia apagar a marca do proprietário. E a fúria do menino foi tal que o mundo se incendiou e os seus olhos foram devorados pelo escuro.

37.

> *Talvez pensar um sonho seja, ou um sono.*
> *Talvez dormir seja, um momento*
> *voltar o espírito nosso a ser seu dono.*
>
> Fernando Pessoa

No dia em que Constança Meireles embarcou para Moçambique, a caseira Vicentia estava no cais de Lisboa embrulhada no seu eterno xaile preto. Depois de uma breve hesitação, a empregada esqueceu-se do seu estatuto e abraçou a patroa. Constança afastou-a com educada altivez. A pobre mulher sacudiu uma invisível sujidade no braço de Constança — *Desculpe, minha senhora* — murmurou. — *Mas é que me veio à cabeça que somos comadres.* — E prosseguiu, olhos postos no horizonte: — *Eu é que devia ir nesse barco, eu é que sou a mãe dele.*

— *Espere mais um pouco. Daqui a dois meses volto com o seu Bruno... com o nosso Bruno.*

— *Já esperei demasiado* — afirmou Vicentia.

Quando se trata de um filho, a espera demora mais do que a vida. Vicentia ajeitou os cabelos crespos, apontou o dedo em riste como se fosse não um pedido, mas uma desajeitada ameaça.

— *Traga o meu... o nosso Bruno são e salvo. E agora, já me vou embora. Apenas lhe volto a pedir: entregue-lhe esta carta.* — E entregou, com as mãos tremendo, um envelope nas mãos de Constança. — *Ele não a vai ler. Mas diga-lhe que fui eu que escrevi.*

E ficaram as duas mulheres, de olhos vazios, contemplando os barcos no horizonte. Vicentia lembrou o ditado da sua terra: depois de veres o mar, deixas de saber olhar o céu.

Capítulo sete

# ONDE DORMEM AS TEMPESTADES

*Na última noite nesta terra,*
*arrancaremos os dias das pequenas árvores*
*e contaremos os ossos que levaremos connosco.*
    Mahmoud Darwish, poeta palestino

## 38.

*Oloha ekaratta ya anamakhwa.*
[O sonho é a carta dos mortos.]
Provérbio makwa

Nataniel acordou antes de amanhecer. Ajustou os olhos à penumbra e não ganhou para o susto: o corpo de Matias balançava suspenso do teto como uma enorme mariposa. Nataniel subiu apressadamente para um almofariz e, em desespero, tentou libertar o irmão da improvisada forca. O arrependimento quase póstumo de Matias tinha evitado o seu intento suicida: as mãos mantiveram-se dentro do laço, no desesperado esforço de se soltar. Foi essa fresta entre corpo e o nó da forca que os dedos de Nataniel tentaram raivosamente alargar.

Na ânsia de salvar o irmão, Nataniel fez desabar o almofariz onde assentava os pés. Os dois jovens acabaram suspensos pelos braços, os pulsos enlaçados na mesma corda que antes servira para os amarrar. De súbito, a forca rompeu-se e os dois tombaram desamparadamente.

— *Quiseste-me salvar?* — declarou Matias, com a voz enovelada — Agora, vais ter de me salvar o resto da tua vida.

— *O que te deu, mano?* — estranhou Nataniel — *Ainda ontem choravas para viver...*

A pergunta era retórica. Ambos sabiam, há três modos de sair da guerra: morto, herói ou sobrevivente. Matias não podia usar nenhuma das três saídas. Não havia, para ele, nenhuma dúvida sobre o que o esperava: ia ser morto pelos alemães, por os ter traído; executado pelos portugueses, por crime de espionagem; seria, enfim, martirizado pelos vizinhos, que olham os sobreviventes com suspeita. Por essa razão, no vazio daquela arrecadação, o jovem desertor tenha decidido desertar da sua própria vida.

— *A guerra está a chegar, os ingleses estão a empurrar os alemães para as margens do Rovuma.* — Matias

disse isto e ficou a olhar para as mãos como se elas lhe tivessem acabado de nascer. — *Esta guerra vai ser terrível.*
— *Todas são* — comentou Nataniel.
— *Esta vai ser pior* — declarou Matias. — *Brigas de família são as mais cruéis. Alemães e ingleses são todos parentes.* — Foi a um canto onde deixara os seus pertences. Enquanto remexia nos bolsos do uniforme voltou a interpelar o irmão: — *Quando me viste com a farda, no meio dos askaris, reconheceste-me?*
— *Suspeitei quando ouvi a tua voz. Mas depois duvidei: que farias tu entre os alemães que nos atacavam?*
— *Não percebeste nada, meu irmão, esse ataque não foi feito pelos alemães.*
— *Então foi feito por quem?*
— *Por nós.*
— *Nós, quem?*
— *Nós, os* Filhos de Bokero. *Fomos nós que atacámos o posto. Naquela canoa, não vinha um europeu comandando africanos. Vinham africanos comandando um europeu.*
— *Não acredito. Que história é essa, Matias? E o doutor Schreiber, vocês trouxeram-no arrastado?*
— *Pergunta-lhe a ele. Não são amigos?*
— *Que pergunta é essa?*
— *Tu percebes a pergunta. Não sabes é responder...*
Matias foi buscar uma enxada e começou a abrir uma cova no chão da arrecadação. Queria enterrar a farda e as botas que trouxera do exército alemão. Não queria deixar nenhuma prova com que o pudessem culpar. Fez uma pausa e apontou para Nataniel com o cabo da enxada. — *Foram vocês, tu e a mãe, que acabaram com ele. O meu pai, Bomani Kirimi...*
— *Agora não, por favor, Matias. Deixemos o tempo sossegado.*

## 39.

*A guerra é um outro* unyago.
Diário de Aluzi Msafiri

O pedido de Nataniel pecava por ingenuidade: o tempo não nasceu para ficar sossegado. A infância de Matias e Nataniel era uma serpente que nunca dormia. Essa serpente chamava-se Bomani Kirimi.

Num final de tarde do ano de 1892, esse tal Bomani surgiu sujo e cansado em Milepa. O chefe da aldeia gritou: é um *msilikali*, um desses milicianos que protegiam as caravanas.

O forasteiro foi bem recebido e, em troca, relatou as suas aventuras. Acabava de escapar de um ataque das tropas inglesas contra a sua caravana. Os britânicos confiscaram toda a carga.

— *Tudo isto é contra a lei. Acabou a escravatura* — declarou o comandante inglês. O destinatário da mercadoria, o mzee Said Ali, culpou os que protegiam a caravana. Bomani fugiu e vagueou desnorteado pelo mato. Sabia o que esperava: a multidão de Kilwa iria apedrejá-lo e chamá-lo de "mulher".

Foram estas as façanhas que Bomani relatou à sua chegada a Milepa. E todos gostaram de o escutar. No final, o homem suspirou ruidosamente. — *Agora tenho de descansar. Foi tanta viagem que os meus pés ganharam alergia ao chão.* Na primeira noite, dormiu em casa dos Kirimi. Semanas depois, os pais decidiram o casamento. Nessa altura, a filha do casal, uma moça chamada Alile, já sabia que as proezas de Bomani eram uma mentira pegada. A arma que trazia era de um colega morto. A mochila roubara-a a um comerciante árabe. Bomani nunca tinha sido soldado. Era um simples *teka-teka*, um carregador ao serviço dos caravaneiros.

Passado um mês, Alile estava grávida. Bomani reclamou que não tinha feto mais do que sonhar. Em Milepa, todos sabem: um sonho pode engravidar uma mulher. Se houver culpa será sempre da mulher. Foi ela que abriu as portas ao sonho do visitante.

Na véspera do parto, o marido anunciou que ia ausentar--se por um tempo. Assim como fantasiou uma chegada, inventou uma nova partida: acabara de ser convidado como guarda-costas de um sultão de Angoche.

— *Não vais ficar para conhecer o teu filho?* — perguntou Alile.

— *No nascer e no morrer todos estamos sozinhos* — respondeu o homem.

Foi então que Alile o insultou — *Wamantha!* Chamava--o de cobarde. Qualquer insulto, porém, era insuficiente. Num rompante de raiva, a mulher cuspiu no rosto do marido. O homem inspirou fundo e, com a voz presa, explicou como aquela oferta era irrecusável. — *Olhe à tua volta, mulher. Nunca houve tanta fome em Milepa.* As cabras, lembrou Bomani, desataram a roer os chifres umas das outras e as pessoas olhavam o milho seco e diziam: os ossos começaram a comer o chão.

— *Culpas-me de não trabalhar. Não tenho mais nenhuma oportunidade, mulher: esta vai ser a última caravana. Do outro lado do rio já estão a construir o caminho do comboio, o* misweo ya sitima.

Alile sabia que, daquela vez, o marido dizia a verdade. Os alemães estavam a construir a linha férrea ligando Dar es Salaam ao Lago Niassa. Os caravaneiros estavam revoltados. Os donos das rotas de escravos já não podiam cobrar pela segurança dos velhos caminhos. Naquele momento, porém, a antevisão da crise trazia, para alguns, chorudas vantagens: nunca se fez tanto dinheiro com os escravos desde a proibição das caravanas. Os milicianos eram pagos a peso de outro.

— *É por isso que eu digo, mulher: só um estúpido não aproveitaria esta oportunidade.*

No dia seguinte, Bomani tinha a sacola pronta. À despedida, cravou a catana no telhado de colmo. Era uma maldição: no caso de a esposa se envolver com um estranho, os dois amantes ficariam presos como cão e cadela em pleno ato.

Nesse mesmo dia, na hora do poente, Matias veio ao mundo.

## 40.

*Cinafuna ntima phewawa nkhabe kucikwanisa tayu.*
[O que o coração deseja, o ombro não aguenta.]
Provérbio sena

Na penumbra da arrecadação, Nataniel e Matias submergiram os pulsos numa bacia de água. Dois fios de sangue se espraiaram informes para depois se fundirem numa única nuvem vermelha. *Esse sangue*, murmurou Matias, *vem de muito longe.*

— *Tu tens orgulho no nosso pai. Eu tenho raiva dele* — afirmou Nataniel.

— *Tens raiva porque tens medo de ti mesmo, tens vergonha da tua história e foi por isso que te juntaste aos portugueses em vez de te juntares a nós, os filhos de Bokero...*

Não chegou a terminar a frase. O padre Sisnando irrompeu pela cabana, dirigiu-se a Matias, empurrou-o de encontro à parede e gritou — *O que é que tínhamos combinado?* E como este nada respondesse, o sacerdote sacudiu-o como se um saco vazio. — *Não há posto nenhum, não houve nenhum ataque. Ou já te esqueceste?*

Sisnando empunhou a enxada como se fosse uma marreta. — *À minha frente! Vamos para a igreja!* — Os jovens caminharam por ínvios atalhos, à frente do alvoroçado Sisnando. — *Vocês não podem entender, ninguém pode entender. Eu tenho uma missão que me foi incumbi-*

*da por Deus. Compete-me a mim, Sisnando Baião, evitar que a guerra chegue a Milepa.*

Chegados às traseiras da igreja, Sisnando mandou que os irmãos se ajoelhassem junto de um velho tambor. Há muito que aquele tronco escavado deixara de ser usado como instrumento musical. Servia de baú onde se guardava pólvora que era vendida pela própria igreja depois de devidamente abençoada pelo pároco.

Mantendo Matias ajoelhado junto ao tambor, Sisnando soltou Nataniel e deu-lhe ordem para que enchesse o tambor de água. Antes de cumprir a tarefa, com o recipiente na mão, o jovem perguntou: — *Não vamos, primeiro, limpar o tambor?*

— *Não vejo sujidade nenhuma.* — O padre foi vertendo e remexendo as águas que se foram tornando cinzentas. — *Vês? Água e pólvora. Queres coisa mais limpa?*

Assim que a mistela começou a transbordar, o padre mergulhou à força a cabeça de Matias no tambor e obrigou-o a ficar submerso, até que o jovem deixasse de estrebuchar. Foi então que Nataniel acudiu aos gritos e se lançou sobre o tambor, derrubando o padre e o irmão. Matias ficou prostrado no chão, um fio de água turva escorrendo pelo queixo. Quando finalmente reabriu os olhos, o padre perguntou-lhe: — *Como te chamas?* E não houve resposta. Sisnando voltou a perguntar, apontando para Nataniel: — *Sabes quem é este?* Nos olhos de Matias subsistia o mesmo olhar vago dos afogados. Perante o calamitoso estado do irmão, Nataniel desatou em pranto. — *O que fez com Matias, padre?*

— *Não chores, meu filho. Acabei de batizar o teu irmão.*

Não era o que faziam com os que acabavam de nascer? Foi o que perguntou o sacerdote. Não lhes apagavam lembranças de um pecado original? O padre tinha acabado de limpar a memória de Matias e, conforme assegurou, dali para a frente o rapaz viveria muito mais leve e feliz. — *E sabes, porquê?* — inquiriu Sisnando. — *Porque o teu maninho vai-se esquecer de que está vivo. Não há Bokero, não há Madziwa, não há Bomani nem o raio que os partam.*

Amparando o irmão mais velho, Nataniel dirigiu-se com passos bêbedos para a arrecadação. No caminho pensou: levo comigo o mesmo fantasma que carreguei a vida inteira.


41.

*Mathuwa naphweya nimosaru, khanvara muteko.*
[A fogueira pede três pedras. Se partires uma,
as outras duas deixam de servir.]
Provérbio makwa-xirima


Esse fantasma chamava-se Bomani. E era um fantasma carregado de pecados. Tinha abandonado a mulher ainda grávida do seu filho Matias. Regressou tempos depois como se nunca tivesse partido. Não vinha visitar nem o filho Matias nem a esposa Alile. Trazia com ele uma moça que não teria mais de catorze anos. Chamava-se Chiwa. Em frente de toda a aldeia, Bomani empurrou a jovem de encontro a Alile — *Esta é a minha nova esposa. Trata dela, mulher, ensina-lhe tudo o que sabes. A rapariga é muda e deve continuar calada a vida inteira.*

O tempo foi escorrendo vagaroso. Até que, certo dia, já bêbado, o homem zangou-se com Alile por não lhe ter aquecido a água do banho. Ameaçou-a aos berros e, como ela não reagisse, ergueu o pilão para lhe bater. Em desespero, a jovem Chiwa levantou os braços e lançou um grito. Era a primeira vez que tinha voz, mas o que saiu da sua garganta foi um bramido de bicho. Depois, já de pé, voltou a gritar. Desta vez, todos entenderam.

— *Ali ndi pakati!*

Avisava que Alile estava grávida. Foi a primeira e única vez da sua voz. Tarde demais. Bomani já tinha consumado a agressão. As duas enfrentaram o marido. E não havia fronteira entre os corpos das mulheres: como se a gravidez de uma acontecesse no ventre da outra.

Passados poucos meses, nasceram dois gémeos. A um deles deram o nome de Nataniel. Ao outro deram um nome que nunca poderá ser lembrado. As mães chamavam-lhes indistintamente "ana athu", os "nossos rapazes". Tratavam-nos, assim, como se os dois fossem uma única pessoa. Do mesmo modo como elas, as mães, partilhavam uma mesma identidade. Eram a mãe-grande e a mãe-pequena. Não eram parentes de sangue. Mas tinham vidas gémeas.

FALA DE NATANIEL JALASI

As recordações da nossa infância eram feridas sem cura. Lembro-me de que à porta da nossa casa havia uma árvore frondosa. Em vez de amarrar os panos brancos no tronco, o pai pendurou a sua velha *kambula*, uma espingarda que ele mesmo fabricara. Enchia o cano de pólvora para depois lhe fazer chegar um pedaço de carvão em brasa. Nesse instante, parecia que todo o inferno lhe vinha comer às mãos: o estrondo, o fogo, o cheiro do fim do mundo. Enlouquecido, o nosso velho pai rodopiava, cantando — *Agombe uti musi pano, panunje uwonga*. Cantava e dançava sobre um chão cada vez mais torto: "... que o cheiro da pólvora se espalhe longe da nossa aldeia...".

Não te lembras, Matias? Era o que fazia o nosso pai, sempre que chegavam as caravanas que vinham do mar carregadas de missangas, fazendas, pólvora e armas. Com aquela encenação, o nosso velho queria mostrar que, naquela aldeia, viviam homens de sapato, gente que fazia tilintar libras quando caminhava.

 Tentei lembrar tudo em voz alta para despertar essa bruma dos olhos do meu irmão. Insisti por um tempo, mas depois desisti. São precisas duas pessoas para que haja silêncio. Naquele momento, só eu era pessoa. Lembrei-me do que se dizia quando éramos crianças. Que um rio só é eterno porque vive de outras águas. Solitários, os rios adoecem. Uma neblina pousa sobre eles como um pesado fumo. E nunca mais levantam voo.

42.

*Lusulo lwangali mesi, ngasimgona.*
[O rio vai sem água: como podes dormir?]
Provérbio yao

 Com nove anos de idade, Matias tinha a infância de todos os meninos de Milepa: repartida entre o pastoreio das cabras e as pequenas tarefas caseiras. Numa certa manhã, regressava do rio trazendo consigo o seu pequeno irmão, esse que dividiu barriga com Nataniel. Ao atravessar a sebe que cercava o pátio da casa, Matias escutou um disparo e sentiu o peso do pequeno irmão suspender-se no braço. Esse peso era maior que o mundo.

 No momento do disparo, Matias não deu conta dos pedaços de chumbo cravando-se nas pernas e nos braços. Entre prantos e ameaças, o pai explicou: ele não tinha reconhecido o filho por causa da farda que o mais velho trazia vestida. Matias conseguira esse uniforme de um sipaio a troco de uma galinha que roubara em casa.

Aos berros, Bomani espancou primeiro Alile. A seguir, agrediu Chiwa. A culpa é vossa, gritava, deviam ser vocês a tratar dessa criança! Matias e Nataniel viram a mãe-grande tombar como se estivesse já morta, no meio do chão, os braços e as pernas balançando ao sabor dos pontapés do marido. *Vocês, tu e Chiwa, são culpadas. Se Matias já tivesse ido ao* unyago, *nada disto teria acontecido,* acusou Bomani sem parar de agredir as esposas. Foi Nataniel quem fez parar a pancadaria pendurando-se em prantos nas pernas do pai. A mãe-grande ergueu-se a custo e arrastou-se para abraçar a mãe-pequena. Depois, ainda sangrando, pegou em duas cabaças de igual forma e tamanho, quebrou uma delas e entregou a outra a Chiwa.

— *Vai para o mato! Leva Nataniel e depois irei ter contigo, junto com esse filho que perdemos.*

Chiwa embrulhou Nataniel numa capulana e levou-o às costas. A intenção era clara: afastavam a criança para longe da aldeia. A morte não podia encontrar o gémeo sobrevivente. Havia de reclamar esse outro corpo.

Ao final da tarde, Alile juntou-se a Chiwa e as duas mulheres enterraram o falecido na margem do rio, onde a terra é água e a água é terra. Finda a cerimónia, Chiwa embalou uma trouxa e despediu-se. Era noite, a aldeia já se tinha apagado. A pequena-mãe foi à cabana onde dormiam Matias e Nataniel e roçou, sem nunca tocar, o ombro de cada um deles. Naquele momento, a mão de Chiwa era a de uma mulher cega. Por fim, abraçou a mãe-grande. E assim estreitada num mesmo corpo, Alile murmurou:

— *Agora vai, minha irmã.*
— *Estamos a fazer a coisa certa?*
— *Para nós, mana, já não existe coisa errada.*

## 43.

*Nilielekeza kwenye nyota na hamkuona ila kidole changu.*
[Apontei para as estrelas e tu não viste senão o meu dedo.]
Provérbio swahili

Passados tantos anos, Matias e Nataniel voltavam a partilhar a penumbra de um casebre. E despertaram juntos, com a entrada espalhafatosa do padre na arrecadação. Trazia-lhes um prato de farinha e um caril de peixe seco. — *Tenho pena de o ver assim* — disse o padre. — *Foi Aluzi que me pediu para batizar esse atrasado mental do teu irmão.*
— Padre, o senhor acha que Matias vai sobreviver?
— *Mais uns dias e ele está são como um pero* — declarou o padre. — *Quero que me escutes com atenção, Nataniel. Esse teu irmão também está a escutar, ele só se esqueceu de como é que se fala... escutem os dois: vou organizar uma missa em Milepa. O alemão vai encontrar a paróquia toda reunida.*
— E nós ficamos aqui? — perguntou Nataniel.
— *Vocês vão continuar presos* — disse o padre. — *Não se esqueçam: tu, Matias, não existes. E tu, Nataniel, tu desapareceste.*
Os primeiros raios de luz surgiam por entre as tábuas da arrecadação e o padre espreitou por essas aberturas. — *Já sabem, se o alemão perguntar por Madziwa, foi uma queimada tropical. Estamos no tempo delas. O fogo consumiu os corpos e as hienas devoraram os ossos. E não há mais conversa.*
Depois, o sacerdote retirou-se. Nataniel sentou-se mais próximo do irmão. E ficou de olhos postos nele: havia no rosto de Matias o mesmo olhar vazio do sargento Bruno. Talvez seja sempre assim: um soldado olha o mundo devagar. Sabe que pode ser a última vez. Não vê. Despede-se. Se está pronto para matar é porque já morreu.

## FALA DE NATANIEL JALASI

Aquela arrecadação trouxe-me à memória a morte do meu irmão gémeo. Durante todo o tempo do luto, eu e Matias permanecemos fechados numa cabana afastada, sozinhos, interditos de chorar, proibidos de ver o dia. Aquele isolamento tinha um motivo: os *vazimu* não podiam saber que um gémeo sobrevivera. Naqueles dias, eu chorei sem parar. Matias não deitou uma lágrima. Passava por mim, roçando-me com os ombros para mostrar que o peito dele era feito de pedra. Às vezes ele me empurrava com o corpo, outras com o silêncio. Toda aquela raiva tinha um nome: o ciúme. Eu era o escolhido das duas mães. Tinham-me escolhido para sair da aldeia e para seguir o caminho dos brancos. Matias estava condenado a continuar a envelhecer em Milepa e a ser *wacipiliwo*, um eterno indígena.

O meu irmão mais velho vaticinava o pior dos destinos: não vais ser nunca um muzungo. Vais ser um escravo deles. Pior do que isso: um escravo que se oferece já com as cordas nos pulsos. Mil vezes ele me avisou: estás muito enganado, Nataniel. Não irás para lado nenhum, não serás nunca ninguém. A verdade, dizia Matias, é que eles, os vazungo não acham que estamos errados. Eles acham que somos um erro. Não pensam que somos pessoas inferiores. Eles têm a certeza de que não somos pessoas.

# 44.

*O suicida deixa a sua morte como herança.*
Provérbio de Milepa

Nos dias que se seguiram à morte do gémeo, Alile não quis sair de casa. Guardou segredo da morte da criança e da fuga de Chiwa. Uma tarde, o vizinho Chifuniro Winifome compareceu no quintal dos Kirimi e bateu palmas com as mãos curvas. Pedia licença para que ele próprio, as suas mulheres e os vizinhos entrassem no terreiro. Matias e Nataniel receberam as visitas e pediram que esperassem. Uma cadeira foi trazida para Chifuniro. Todos os outros se sentaram nas esteiras. Até que Alile Msafiri emergiu pela porta e deu a notícia sem pronunciar uma única palavra. Apenas ergueu uma galinha, pendurada pelas pernas.

— *Quem foi?* — perguntou Chifuniro.

Alile não disse o nome. Apontou para Matias com o queixo e tocou no chão com o braço murcho, os dedos arqueados em concha. De imediato, se ouviram os choros das carpideiras. Uma delas rodopiou em volta dos recém-chegados e contorceu-se como se estivesse nascendo da terra, golpeando o peito com os punhos e batendo com a cabeça no chão. Matias sentiu uma irreprimível vontade de chorar.

Quando as carpideiras se cansaram, elas fizeram uma vénia e retiraram-se sem nunca virarem as costas. Ficou apenas Alile e o vizinho Chifuniro que se manteve, durante toda a conversa, com as mãos pousadas sobre os joelhos. Ao fim de um tempo o homem disse — *Vou levar comigo esse seu filho mais velho.*

— *Vais levar Matias?* — perguntou Alile.

— *O seu marido já me tinha oferecido esse rapaz. Mas dizem que não podemos penhorar os filhos, dizem que isso também é escravatura.*

Alile já sabia da situação: o jovem Matias servia de garantia para um empréstimo que Bomani havia contraído — *Há dias, quando vim cobrar a dívida, sabe o que o seu marido me disse? Disse assim, exatamente nestas palavras: eu que amarrasse o macaco na própria cauda.*

— *O meu marido ofereceu-se como seu escravo? Pois leve-o, vizinho. Leve-o hoje mesmo.*

— *Não posso* — lamentou-se Chifuniro. E abriu os braços, as mãos viradas para cima — *Não vim aqui apenas para receber uma notícia. Estou aqui para lhe dar uma triste novidade.* — E apoiou a mão direita na nuca antes de voltar a falar: — *O compadre Bomani matou-se esta noite, apareceu de madrugada a boiar no rio.* — E o vizinho dobrou o peito sobre os joelhos como se lhe pesassem as palavras. A vizinha permaneceu inalterável, nem uma ruga lhe ensombrou o rosto.

— *Foi bom o meu marido morrer-se* — declarou Alile. — *Assim, poupou-me o trabalho de ter de o matar. Não olhe para mim dessa maneira, vizinho. O senhor sabe: esse homem matou um dos gêmeos. E ia acabar por matar Nataniel.*

— *Vizinha Alile, escute-me com muitíssima atenção* — implorou Chifuniro Winifome. — *Bomani já pagou pelos seus erros. Encontrei Bomani de manhã muito cedo, parado na margem do rio. Os olhos dele pareciam ter ido na corrente, a voz vinha-lhe do fundo do peito quando se lamentou* — não tenho força para morrer, não tenho vontade de viver. — *Queres mesmo morrer?* — perguntei. — *Faço sozinho* — respondeu ele para logo a seguir questionar: — *Nasci com ajuda de alguém?*

Chifuniro ergueu a cabeça e enfrentou longamente Alile para declarar: — *O compadre Bomani não morreu afogado. Já estava morto antes. E foi você que o matou, vizinha Alile.*

— *Não fiz nada. Juro.*

— *Não foi você que mandou Chiwa ir-se embora?* — inquiriu Chifuniro. Era esse o plano congeminado pelas esposas: ao fugir de casa, Chiwa condenou Bomani a uma pena de morte. Em Milepa, um homem não resiste à vergonha de ser abandonado pela esposa. — *Estava tudo combinado entre vocês duas.* — Depois, concluiu com um suspiro guardado há séculos: — *Vocês, as mulheres, já nasceram todas combinadas...*

O vizinho levantou-se e foi comedido nas palavras: — *Só temos de ter medo dos que não voltam, é o que dizem, não é vizinha?* Era o seu modo de se despedir. Afastou-se com passo lento como se evitasse tropeçar na sua própria sombra. Alile correu a barrar-lhe o caminho. E fez o que uma viúva está interdita de fazer: tocou-lhe no braço. Com a mão apertando o cotovelo do vizinho implorou — *Leve o meu filho Matias consigo.*

— *Não é preciso* — sossegou-a Chifuniro. — *Já não há nenhuma dívida.*

— *Por favor, vizinho. Peço esse grandíssimo favor. Quero ficar só eu e o Nataniel.*

O vizinho olhou o céu como se espreitasse pela chuva. E comentou, de olhos cerrados: — *Matias pode ficar comigo, mas só depois de ele fazer o unyago. Vão ser iniciados, juntos, ele e o meu filho Tadala. E o seu filho Nataniel irá no mesmo grupo. Vai ser assim, vizinha, e não há mais palavra.*

### FALA DE ALILE KIRIMI

Todos nos acusam, a mim e a Chiwa, de termos matado o nosso marido. A única coisa que fizemos foi deixá-lo sozinho. Quem morre por ficar sozinho já está metade morto. Bomani morreu afogado. Não fomos nós que o atiramos ao rio. Nós apenas o atiramos para dentro dele mesmo.

## 45.

> *Chete n'kunena.*
> [Quem fica calado, também fala.]
> Provérbio yao

Os filhos de Alile foram iniciados nas cerimónias do *unyago*. Depois disso, passaram-se anos de viúvez, e esse tempo foi a única eternidade que coube a Alile. Entretanto, Nataniel acabou a escola. Matias fez-se homem. Continuou a viver em casa de Chifuniro mas os pés dele já não cabiam no chão de Milepa. Uma noite, veio visitar a sua velha casa:

— *Vou atravessar o rio, mãe.*
— *Vais para a costa?*
— *Para me levarem como escravo?* — perguntou Matias.
— *Aqui dentro serás na mesma um escravo.* Levantou a mão como se estivesse a vislumbrar o oceano. — *Todos choram os que são levados, ninguém chora os que ficam.*

Seguiu-se um longo silêncio. Ficar calada pode ser o modo mais doloroso de chorar.

— *Os alemães estão a recrutar jovens* — disse Matias.
— *Vais ser soldado dos madjerumanos?* — E o filho encolheu os ombros. A mãe pousou os dedos sobre a testa do rapaz. O gesto era demasiado tenso para que fosse uma carícia. — *Que se passa, Matias: falas mal dos brancos e maltratas os da tua raça? Afinal, já deixaste de querer ser um "Mwana gwa Bokero"?*

— *Eu sempre fui um dos Filhos de Bokero. Antes de partir, gostaria de saber uma coisa: a mãe vai chorar por mim?*

— *Alile é o meu nome. Chorar é o que eu faço desde que nasci.*

Lembro-me que, naquele momento, despenteei os cabelos de Matias na esperança de que as ideias pudessem ser arrancadas como as ervas daninhas. *Esquece, meu filho: tu inventaste esse Bokero como se ele fosse o teu pai. Não existe essa pessoa. Nem ele nem os dele. Vê o que sucedeu depois de Bokero morrer: muitos dos chefes da rebelião tornaram-se ladrões de gado. No início, eram libertadores. Viraram bandidos. Ou, ainda mais grave: tornaram-se agentes da polícia alemã. A verdade é simples, meu filho: muitos dos chefes da revolta não se batiam contra os alemães. Queriam apenas substituí-los.*

As minhas mãos soltaram-se por breves segundos. E foi Matias quem as trouxe de volta, os dedos entrelaçados como se receasse que eu levantasse voo. — *E a mãe, vai continuar aqui, na aldeia?*

— *Vou com o teu irmão à vila, vamos à Companhia do Niassa, vou lá pedir para lhe darem o serviço de sipaio. Se o aceitarem, não volto. Vou procurar por Chiwa e fico a morar com ela. O nosso principal serviço vai ser odiar o teu pai. Dizem que maldizer um marido faz rejuvenescer. Quem sabe eu acabe por ficar mais nova que a Chiwa?*

Matias sorriu com tristeza — *Amanhã cedo, atravesso o rio.*

— *Espera, não vais, assim de qualquer maneira.* — E logo me dirigi ao pombal e estiquei os braços para alcançar o bebedouro dos pombos. Do pote retirei uma garrafa. Empunhei-a como se fosse um troféu. — *Não são só os pombos que aqui vêm beber.*

Nessa noite, eu e Matias bebemos nkologo. E bebemos, como se diz em Milepa, até o chão deixar de estar deitado. — *Antes de partires* — disse eu — *passamos por casa de Aluzi para ela untar o teu corpo com os óleos sagrados.*
— *Mas eu não vou para a guerra, mãe.*
— *Ninguém vai para a guerra. Estamos dentro dela, sem darmos conta.* — Foram estas as últimas palavras que dirigi ao meu filho Matias.

46.

> *O cágado chega ao sopé da montanha*
> *e anuncia: aqui acaba o mundo.*
> Provérbio yao

Na arrecadação do padre Sisnando, Matias Kirimi não se lembrava de quem era a sua mãe e menos ainda do que se passara no dia anterior quando o padre o submergiu num barril com água de pólvora.
— *Não era melhor rezarmos por ele?* — perguntou Nataniel.
E o padre respondeu, displicente — *Deixemo-lo como está. Amanhã chegam os alemães, convém-nos que o teu irmão esteja assim todo apalermado.*
O padre sentou-se de costas viradas para Matias. E pediu a Nataniel que lhe voltasse a falar daquilo que tinha visto antes de começar o assalto a Madziwa. *Não me lembro, padre. Lembras-te, sim, disseste que tinhas visto algo estranho.* Nataniel ponderou antes de falar. Por fim, condescendeu. O que se passara tinha sigo o seguinte: a canoa dos alemães acabava de sair da outra margem, o médico acenou com insistência para um militar branco que

se manteve do outro lado do rio. Nataniel conhecia esse branco, cruzaram-se durante as consultas que teve com Schreiber. Era um major e chamava-se Otto Lorenz. Os dois alemães discutiam com frequência. E era tudo o que Nataniel podia dizer.

Sisnando acenou com a cabeça, cofiando as longas barbas. Não era um assunto novo para ele. Sabia das divergências entre as autoridades da África Oriental Alemã: de um lado, o governo civil, mais moderado; do outro, o comando militar, mais radical.

— *Otto Lorenz?* — remoeu o padre — *Não me vou esquecer.*

O padre retirou-se. Nataniel rezou em surdina pelo irmão que se mantinha especado, no mesmo estado de ausência. E parecia que Matias nunca mais regressaria a si mesmo. Nas terras de Milepa há um provérbio: "o cágado chega ao sopé da montanha e anuncia: aqui acaba o mundo". Nataniel sentiu-se que chegara ao sopé de uma montanha. E aquele era o fim do seu mundo.

## Capítulo oito

## O ABRAÇO DO PORCO-ESPINHO

*Vita vya ni furaha ya kunguru.*
[A guerra entre gafanhotos é uma bênção para os corvos.]
Provérbio swahili

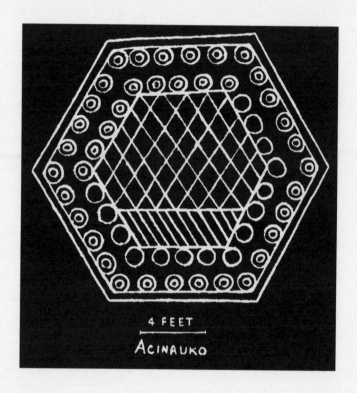

# 47.

> *A palavra é uma bala: não tem recuo.*
>
> Provérbio de Milepa

A meio da tarde do dia 29 de agosto de 1914, o médico Hadrian Schreiber chegou à aldeia de Milepa. A comitiva que ele encabeçava parou à entrada da igreja e saudou o padre Baião. Tentaram comunicar em inglês. Acabaram decidindo pelo kiswahili, a língua franca em toda aquela região.

— *Sabemos do seu trabalho com a doença do sono* — começou por dizer o missionário. E prosseguiu com a voz arrastada como se lhe tivessem interrompido a sesta: — *Confesso, doutor: tenho inveja dos seus pacientes. Não há noite em que não peça a Deus umas horas de sono.*

O médico esfregou as mãos nas calças, sugerindo que vinha com o tempo contado: — *Venho entregar-lhe uma carta do meu governo, um pedido oficial de desculpa pelo incidente de Madiwa.*

— *Que incidente?* — inquiriu o padre, fingindo-se surpreso.

— *Não é possível que não esteja informado* — admirou-se o alemão. — *Antes de ontem, ao passarmos por Madziwa, dispararam contra a nossa canoa. Ripostámos em legítima defesa.*

— *Não sei de nada* — declarou o padre. — *E quanto à carta não a poderei receber. Sou um padre católico, receberia correspondência da minha diocese se eles ma enviassem.*

— *Em todo o caso, deixo-lhe uma cópia* — disse o alemão, colocando um envelope timbrado sobre o tampo da mesa. — *O original será entregue ao governador português, na Ilha de Moçambique.*

— *Agradeço a atenção* — declarou Sisnando. — *Na*

*verdade, já recebi um testemunho sobre isso que o senhor chama de "incidente".*
— *Um testemunho?* — estranhou o médico.
— *Feito por um compatriota seu Otto Lorenz.*


48.

*Para quem é picado, o espinho nunca é pequeno.*
Provérbio makwa

O alemão empalideceu, pigarreou e buscou conselho no olhar do outro oficial. Em surdina, trocaram breves palavras em alemão. Depois, já refeito, Schreiber voltou a dirigir-se ao padre.
— *Segundo esse tal Otto, o que teria acontecido em Madziwa?*
— *Nada* — respondeu o padre.
— *Como nada?*
— *Não foi mais do que uma dessas queimadas da estação seca* — afirmou o sacerdote. E acrescentou, a mão pousada sobre o envelope: — *Leve de volta esta carta, doutor. Melhor ainda: faça de conta que esta visita nunca existiu.* — Ergueu-se, distendeu os braços e, num tom mais amistoso, voltou a dirigir-se ao visitante: — *Já que aqui está convido-o a juntar-se à missa.*
Perante a hesitação do visitante, o padre apontou para o pátio e argumentou com firmeza — *Vê aquela multidão? Toda esta gente juntou-se aqui por sua causa. Querem vê-lo, querem escutá-lo. Vá, doutor: conviva com eles nem que seja só para os saudar.*
— *Dou atenção aos cafres quando me aparecem doentes* — declarou o alemão.
— *Pense na simpatia que o seu país pode granjear em véspera de guerra.*

— *Posso ficar, mas com uma condição* — anuiu Schreiber depois de muito ponderar. — *Essa condição tem um nome: Matias Kirimi.*

O médico acabou de pronunciar estas palavras e ajeitou o chapéu, cingindo a cartucheira à cintura. Era um modo de mostrar que, mais do que médico, ele se apresentava como major. — *Quero levar comigo esse traidor, antes que ele se junte às fileiras do inimigo.*

— *Que inimigo, doutor?* — estranhou o padre. — *Está a falar da Inglaterra?*

— *Estou a falar dos portugueses* — corrigiu Schreiber.

— *Há aqui um grande equívoco, doutor* — comentou o padre. — *Portugal é um país neutro. Os ingleses, doutor, os ingleses é que são os seus inimigos.* — O padre disse isto e colocou a mão no ombro do visitante. Ostensivamente o alemão desviou-se para escapar daquela intimidade.


49.

>  *Mlendo ni mangame.*
>  [O visitante é uma gota de orvalho.]
>  Provérbio yao

Nunca no átrio da igreja se juntou tanta gente. Vieram pescadores, caçadores e camponeses das aldeias mais próximas. Aguardaram sentados no terreiro e dispostos como se estivessem numa cerimónia ancestral: os homens do lado direito e as mulheres do lado esquerdo. Permaneceram em silêncio como se o tempo estivesse ainda por nascer. Ergueram-se num sincronizado impulso assim que viram o padre a dirigir-se para o altar improvisado em frente da igreja.

HOMÍLIA DO PADRE SISNANDO BAIÃO

Irmãos em Cristo: escutai-me com atenção porque hoje é dia de milagre. Este nosso irmão que nos veio visitar, o doutor Hadrian Schreiber, disse-me que vinha a Milepa pedir desculpa pelos crimes que o seu governo cometeu contra os africanos. Lembram-se do que se passou no outro lado do rio? Lembram-se de Bokero e da revolta dos Maji-Maji? Os alemães mataram tanta gente que os campos de algodão ficaram vermelhos. Lembram-se? Este nosso amigo vem aqui pedir-nos desculpa por essa maldade. É um gesto bonito, não é? Então, vamos bater palmas, vamos manifestar o nosso apreço pela sua coragem.

Mas há mais, caros irmãos, este nosso amigo também veio pedir desculpa por um outro massacre, esse ainda mais cruel, que o exército alemão cometeu contra os nossos irmãos Hereros, numa terra distante chamada Namíbia. Os missionários escoceses mostraram-me relatórios dessa matança, um povo inteiro foi exterminado na sua própria terra. Este nosso doutor veio aqui para também pedir desculpa por esse massacre. É assim não é, doutor Schreiber?

Palmas para ele! Jesus perdoa e, por isso, peço que cada um de vocês se levante e venha abraçar este nosso irmão que teve coragem de vir aqui, a Milepa, para dizer que vocês merecem tanto respeito como os europeus. Por favor, façam uma fila e abracem o doutor Hadrian Schreiber.

Quando o padre se voltou a ajoelhar toda a multidão o imitou, numa coletiva genuflexão frente ao altar. Sisnando sabia, por uma espécie de intuição: não é apenas a veneração a Cristo que fazia ajoelhar os aldeões perante o crucifixo. Era algo mais antigo. Era a cruz. Na igrejinha de Milepa estava um cruzeiro mais antigo que o filho de Deus. Esses entroncamentos dos quatro caminhos eram, desde sempre, um lugar onde todos chamavam pelos deuses. Faziam-nos os crentes, faziam-no os pagãos do mundo inteiro.

50.

[...] *britânicos e alemães devem evitar conflitos em Africa* [...] *para não dar aos africanos o espectáculo de verem brancos a fazer guerra contra brancos.*
Major Von Doering, governador do Togo

O médico alemão não compreendeu nada do que foi dito na homília. Sabia kiswahili, mas não entendia ciyao. Percebeu, no entanto, a referência a Bokero, aos Maji-Maji e aos Hereros. E preferiu não pedir qualquer esclarecimento.

Naquele momento, apresentava-se à sua frente uma interminável fila de pessoas que esbracejavam na ânsia de o saudar. Ainda se deixou abraçar pelos mais entusiastas que se atropelavam no início daquele enfiamento de gente. Rapidamente, porém, ele afastou-se daquela torrente de afetos e resguardou-se por detrás dos seus soldados. Sacudiu o casaco e usou de um lenço para enxugar as mãos e o rosto. Esforços inúteis no seu entender: bem podia limpar os germes, mas ficavam os miasmas, essas insalubres emanações vindas das entranhas do continente negro.

Chamou o resto da comitiva e deu ordem para que se preparassem para a viagem de regresso. Os oficiais argumentaram contra esse apressado retorno: a noite estava escura e o caminho era longo e cheio de perigos. Àquela hora nenhum dos indígenas arredaria pé de Milepa. De noite, só viajam os feiticeiros, era esse o preceito dos africanos. Sem ter quem os guiasse, o mais prudente seria os visitantes pernoitarem na igreja.

— *Fique, doutor Schreiber* — convidou o padre. — *Tenho aposentos para si e para os seus colegas. Além disso, a festa está apenas a começar. Agora é a vez dos batuques.*

## 51.

*Os mortos são os únicos que veem o fim da guerra.*
Platão

O alemão não fez uso dos aposentos que lhe estavam destinados. Numa clareira, armaram-lhe uma tenda à frente da qual Schreiber se deixou ficar sentado a beber e a fumar. O padre juntou-se ao convidado. Puxaram as cadeiras para junto de uma *msolo*, essa árvore que espera pelo escuro para deixar cair as folhas. Um grupo de camponeses aproximou-se do padre e, mantendo respeitosa distância, pediram licença para atravessarem o pátio. Moviam-se como se não caminhassem. Os passos eram de quem dança, como se entre eles e o chão houvesse uma antiga conversa. — *Confesso, padre* — admitiu o alemão de olhos postos nos camponeses. — *Sinto inveja de os ver assim, sempre prontos a celebrar a vida.*

Beberam até amanhecer. Sisnando Baião serviu aquilo que chamou de "schnapps cafreal". *Que fruto usaram?* Perguntou, desconfiado, o alemão. *Um fruto de Deus,* respondeu Sisnando erguendo o copo num brinde ao final da guerra. Em vez de levar a taça aos lábios, o padre vazou a bebida sobre a areia. — *É para os defuntos* — declarou.

### FALA DO DOUTOR HADRIAN SCHREIBER

Começo a dar razão aos meus colegas da contrainteligência que têm sérias dúvidas de que este mestiço seja realmente um padre. Um padre meio baniane, meio mouro, meio preto, meio branco? Ou talvez sim, talvez seja um verdadeiro sacerdote, os portugueses são racialmente atravessados. Confesso que me comoveu o elogio que ele fez ao meu trabalho. Tomara que ainda fosse essa a minha única ocupação: combater a doença do sono nas aldeias ribeirinhas. Raras mas graves foram as vezes em que me tive de intervir como cirurgião.

Há pouco, na fila dos crentes, tive de fugir. Aqueles abraços fizeram-me lembrar um jovem askari que, durante o bombardeamento a Dar es Salaam, chegou ao hospital esvaído em sangue. Tinha perdido os membros superiores. Numa espécie de sorriso, o estropiado murmurou: deve ser do calor, doutor, mas deixei de sentir os braços. E sacudiu as ocas mangas da camisa. Naquele momento, veio-me à lembrança o guarda-fatos da minha casa de infância onde jaziam suspensos os uniformes do meu falecido pai. Pendurada no vazio, aquela roupa alimentava-se de saudade e naftalina. A mãe abraçava o casaco e fechava os olhos como se fosse ela a abraçada.

52.

> *Cantamos para chamar um deus longínquo.*
> *Dançamos para despertar um deus interior.*
>
> Diário de Aluzi Msafiri

Na festa de Milepa, o médico não despachou apenas uma garrafa de *nyipa* preparada por Aluzi. Não tardou a implicar com o anfitrião. — *Em lugar de civilizar os cafres, você transformou-se num deles.*
— Muito me orgulham as suas palavras — argumentou Sisnando. — *Era esse exatamente o meu propósito: em vez de evangelizar, fui eu o evangelizado.*
— Pelos africanos? Ou por uma africana? — E antes que o sacerdote reagisse, o médico contemporizou. — *Não o censuro, meu amigo. Ouvi falar da beleza dessa mulher. Não me importava de ser evangelizado por ela.*
— Não sei do que está a falar...
— *Todos sabem que vive amantizado com uma preta.*
— Está a falar de Aluzi? É o contrário, doutor. Eu é que sou a mulher dela.
O alemão podia não entender. O padre chamou-o à realidade: ninguém em Milepa receberia sem desconfiança um homem da sua idade que não fosse casado. Pior ainda, teria sido ele se apresentar com ligações matrimoniais com Deus. Rapidamente a conversa foi-se entortando, as palavras de um afiando-se nos silêncios do outro.
— *Vou fazer com que o prendam, Sisnando Baião. Se não forem os portugueses, prendemo-lo nós...*

## 53.

*Este é o nosso destino, mulheres de Milepa:*
*quando nascemos já somos mães*
*e antes de nos darem um nome, já somos esposas.*
Diário de Aluzi Msafiri

A briga entre o padre e o médico estava ao rubro quando as portadas da igreja se abriram e dela emergiu a profetisa Aluzi Msafiri. Ainda a uma certa distância, dirigiu-se aos exaltados visitantes. — *Falavam de mim?* Caminhava com passo imperial, protegida por um guarda-sol que uma outra mulher segurava. Aquela errante sombra era o seu trono.

Aluzi falou sem nunca olhar para o visitante. Expressou-se em kiswahili e falou por intermédio da acompanhante que segurava o sombreiro. — *Diga a esse homem que me chamo Aluzi Msafiri.*

O médico Hadrian Schreiber descobriu a cabeça e deixou que o chapéu murchasse entre as longas mãos. Imaginava a profetisa como todas as curandeiras com quem se havia cruzado: uma mulher idosa e de avantajado peso. A jovem que ali se apresentava era magra e esbelta, os olhos rasgados num rosto estreito.

— *Diga a esse branco para se levantar* — insistiu a vidente. — *Acabei de chegar, ele sabe como se recebe uma senhora na terra dele.*

— *És tu a famosa feiticeira de Milepa?* — perguntou o alemão, falando em kiswahili.

— *Diga a esse homem que sou uma rainha* — declarou Aluzi sem nunca olhar para o médico.

O visitante olhava com estranheza a pequena mulher erguendo o sombreiro. Ele não entendia. Uma rainha não transporta cargas. Aluzi advertiu: ele que não a voltasse a chamar de feiticeira. Ela era uma *nganga wakazi*, uma curandeira. Uma *wutchema*, uma vidente. Uma *abibi*, uma rainha. Traduzidos em português, todas estes termos ficavam empobrecidos. E uma rainha caminha na sombra, mas não vive entre palavras empobrecidas.

## 54.

> *Um ressuscitado é mais perigoso que um vivo.*
> Provérbio de Milepa

A vidente apontou para o espesso cacimbo que cobria o vale do Rovuma. *Esse rio está a dizer alguma coisa*, murmurou. Depois, dirigiu-se em voz alta à sua companheira: — *Avisa o* dokotala *que o Bokero chegou. Veio no mesmo barco que o trouxe. É isso que o rio nos está a dizer: que chegou o dono dos Maji-Maji.*

Schreiber fez de conta que não escutou. O alemão cofiou os bigodes para ocultar um nervoso esgar. Há nove anos que ele tinha mandado matar o revoltoso Bokero. Num gesto displicente, Hadrian Schreiber retirou da algibeira uma pequena bolsa de tabaco, um cachimbo e uma caixa de fósforos. Com precisão cirúrgica, foi preparando o fornilho e, sem levantar os olhos, dirigiu-se a Aluzi:

— *Tenho um negócio para te propor...*

A vidente voltou a expressar-se por intermédio da mulher que segurava a sombrinha. — *Explica a esse branco que ele acabou de me ofender. Não é boa educação começar uma conversa com uma proposta de negócio. A partir de agora, vais falar com ele não em kiswahili mas em ciyao, que é a minha língua de nascimento. Ele é o visitante, era ele quem devia trazer um tradutor. Vamos ensinar as boas maneiras a esse estrangeiro.*

O médico olhou-a de alto a baixo e murmurou entredentes: — *Dá graças a Deus por viveres aqui, em África.*

*Se fosses branca e bruxa na Europa já tinham mandado queimar.*

Aluzi deu dois passos em direção ao médico, segurou-lhe na mão e encostou-a ao ventre. Pela primeira vez, dispensou a mediação da acompanhante para, em kiswahili, se dirigir diretamente ao alemão.

### FALA DA PROFETISA ALUZI MSAFIRI

Com a mão do *dokotala* apoiada na minha barriga, perguntei: Nossa Senhora não engravidou por obra e graça do Espírito Santo? Pois eu trago o Espírito Santo no meu ventre. Veja, doutor, o senhor é médico, sinta o que se passa dentro de mim. É uma gravidez infinita, todos os dias me nasce um filho, todos os dias volto a conceber.

O doutor afastou a mão como se tivesse tocado no fogo do Inferno. Depois, perguntou se o padre Sisnando era meu marido. Sim, respondi e voltei a encostar a mão dele ao meu ventre. Expliquei que era meu marido por afinidade, digamos, um esposo adotivo. Quis ainda saber se dormíamos juntos. Confessei: todas as noites o fazíamos. Mas nunca nos tocámos. Se alguma vez caíssemos nessa tentação eu perderia os meus poderes.

Durante aquele tempo esqueci-me do desprezo que sentia pelo alemão. A mão dele sobre o meu corpo fazia-me bem como os meus próprios remédios. A mão dele, por estranho que parecesse, era o sangue lavando-se na terra, água benzendo-se em pó de pólvora. Ali estava a mão de alguém que matou, mas era também a mão que curou tantos dos meus irmãos. E eu senti, então, o meu eterno filho enroscando-se no côncavo dos dedos do doutor Schreiber.

Naquele momento, eu vi o branco vencido pela minha serenidade. E ficou claro para mim: a maior afronta de Bokero não foi a desobediência. Ele simplesmente ignorou que os brancos existiam. A sua profecia não se cumpriu: as balas dos europeus não se converteram em água. Mas os que ocupavam a nossa terra passaram a ter a consistência dos rios. E os rios atravessam-se. Basta escolher o tempo próprio.

55.

> *A um pássaro, alguém lhe diz onde pousar?*
> Provérbio sena

Se a intenção era impressionar os visitantes, a aparição de Aluzi Msafiri resultou em cheio. Os alemães podiam não reconhecer uma rainha em terras africanas. Bastou, porém, a imponência da sua figura para que os soldados brancos e negros suspendessem as bebidas, os músicos se afastassem dos tambores e a multidão se calasse de olhos presos no chão.

— *Esta noite sonhei consigo, doutor* — disse Aluzi soltando a mão do europeu que tombou, desamparada, como se nunca tivesse existido por si mesma.

— *Comigo?* — perguntou o alemão, mais alarmado do que lisonjeado.

— *Não fique vaidoso, doutor. Acontece-me sempre assim: só vejo uma pessoa depois de sonhar com ela.*

A rainha apropriou-se do cachimbo do alemão. — *Olha este belo* kaliwo, *já pronto* — comentou Aluzi, sorrindo. Perante a impotente indignação do médico, a mulher levou o cachimbo à boca e inspirou avidamente para depois guardar o fumo no peito. De olhos cerrados que perguntou: — *Trouxe-me uma prenda, doutor? Ou será que se esqueceu das normas de cortesia?*

— Da próxima vez trago um tecido importado da Índia, bem melhor do que esse pano que trazes vestido — disse o alemão.

— Não vale a pena, só uso a machira, *o algodão da nossa terra* — afirmou a vidente, passando as mãos pelos panos estampados que envergava. O tecido era grosseiro e as cores tão esbatidas que quase não se distinguiam.

Hadrian Schreiber sabia do que a vidente falava. Portugueses e alemães queimavam as plantações de algodão indígena e destruíam os teares com que os africanos produziam os seus panos.

— *E o que traz dentro desse envelope?* — perguntou Aluzi aproximando-se do visitante.

— *Uma carta dirigida às autoridades.*

— *Vê aqui maior autoridade do que eu?* — A profetisa pousou o cachimbo sobre a mesa e ergueu a mão. — *Entregue-me a carta, doutor.*

O alemão procurou um sinal de aprovação nos olhos do padre. Sisnando anuiu, com uma subtil inclinação da cabeça. A mulher abriu lentamente o envelope e ergueu a folha de papel de encontro à lua. Observou demoradamente o manuscrito. Instantes depois, Aluzi sacolejou o manuscrito como se lhe sacudisse a poeira.

— *Eu estudei, doutor. Um papel só é uma carta se tiver algo escrito.*

O médico enxugou as mãos nas mangas do uniforme antes de segurar o papel na ponta dos dedos. Passou os olhos pelo manuscrito, enrugou a testa. O documento estava ilegível, o timbre imperial desbotado, as letras sem contorno, a tinta esborratada. Depois, em alemão, o médico deu ordens para que os soldados conferissem o estado dos documentos que traziam nos alforges dos cavalos. De uma caixa de madeira retiraram mapas e manuscritos. Estavam todos indecifráveis. — *Encharcaram-se na passagem do rio* — desculpou-se um militar.

Hadrian Schreiber olhou a paisagem em redor e percebeu que lhe custava mover a cabeça. E veio-lhe à memória a lenda das florestas negras da Alemanha onde os amaldiçoados são convertidos em pedra.


56.

> *Ka namwana a khapa; mapele ari mmirimani.*
> [Apesar de ainda ser menina, já tenho marido: sou como o cágado cujos seios se escondem no próprio peito.]
> Provérbio makwa

    As fogueiras e as dançarinas partilham o mesmo breve destino: hoje fogo, amanhã cinza. No pátio da igreja, junto ao lume, rodopiava Aluzi Msafiri ao som das palmas da sua acompanhante. A profetisa bamboleou as nádegas a poucos centímetros do nariz do médico. Por fim, perante a indiferença do alemão, ela deixou-se tombar numa cadeira. — *Foi pena, doutor. Foi muita pena não termos dançado.* — E puxou a saia para limpar o suor do rosto. — *Sei dançar como os europeus: encostada e de braços entrelaçados.* — Rematou, sorrindo. — *Vocês dançam aos pares. Nós dançamos com o mundo inteiro.*
    O médico sacudiu a cabeça e levantou-se com dificuldade, a mão apoiada na cadeira. Depois, ensaiou um passo em direção ao quarto que lhe haviam destinado. A profetisa agarrou-o pelo cotovelo e fez com que voltasse a ocupar o assento. — *Vi como me olhava, doutor. Eu não sei que língua falam os seus olhos. Mas entendi mais do que o senhor pensa.*

FALA DE ALUZI MSAFIRI

    O doutor sabe de corpos, não sabe de vidas. Vou-lhe explicar o que é ser mulher neste meu mundo: quando somos meninas todos têm pressa em que nos tornemos adultas. Quando somos adultas não nos deixam ser pessoas. Foi o que aconteceu comigo. Assim que me despontaram os peitos, levaram-me para o *n'sondo*, onde as moças começam a ter idade.

Durante as cerimónias apareceram-me os primeiros sangues. Meses depois, recebemos na nossa aldeia a visita do poderoso rei, o grande Mataka. Sem pedir licença, esse rei sentou-se num assento que competia ao nosso tio materno e pediu que lhe servíssemos uma bebida. O homem trazia folhas escondidas dentro da boca. No final do primeiro trago, cuspiu-as discretamente para dentro do copo. Quando ergueu a taça todos sabíamos que nos acusava de envenenamento. Num abrir e fechar de olhos, a nossa povoação foi massacrada e os jovens raptados. Na véspera de morrer, o meu tio chamou-me para me dizer: Mataka roubou-nos a terra, não restas senão tu para guardar o nosso nome. Então perguntei: — *Que quer que eu faça? Quer que organize um ataque aos nossos inimigos?*

— *Não quero que organizes nada. É o contrário. Quero que desorganizes o exército do Mataka. É assim que se ganham as guerras: fazendo com que o inimigo se agrida a si mesmo.*

No dia seguinte, a vingança foi posta em prática. Fiz-me passar por prisioneira. Tornei-me escrava da esposa de Mataka, a rainha de Ce--Mbemba. Na corte, ganhei a confiança da *abibi* e a amizade da *nganga wakazi*. Com a primeira aprendi a arte de mandar. Com a segunda aprendi poderes invisíveis. Juntas, eu e ela purificávamos as almas dos que partiam para os combates e curávamos os que regressavam. Benzíamos os escravos e os vendedores de escravos. E, sobretudo, preparávamos as bebidas sagradas para que os visitantes se esquecessem da viagem. Esse remédio de esquecer era a mais poderosa das minhas receitas.

Um dia, a rainha chamou-me e disse: *não te queremos mais aqui. Não gosta de mim?* Perguntei, em pranto. A rainha respondeu: *é o contrário, expulso-te para te salvar. Afasto-te da inveja dos outros e dos meus próprios ciúmes.* Mandaram-me para Angoche para frequentar a escola das meninas brancas. Foi em Angoche que conheci o padre Sisnando Baião. Foi em Angoche que encontrei Alile, a mãe de Matias e Nataniel.

Hadrian Schreiber caminhou com os passos todos trocados. *Já não me lembro onde é que ia*, confessou, a medo. *O doutor ia para a sua tenda*, murmurou docemente Aluzi. *Pois, é, para a minha tenda. Mas também já não me recordo qual delas é. Mesmo atrás de si, doutor.* O médico passou a mão pela testa, espreitou as estrelas como se buscasse um caminho.

O médico, cheio de fama e de ciência, não sabia que aquelas tonturas eram apenas o início. Assim que saíssem de Milepa, tanto ele como as suas tropas iriam esquecer-se de quem eram e de onde vieram. A profetisa juntou-se ao médico para o conduzir para os seus aposentos — *Não fique triste, doutor. É bom esquecer. Dizem que é o modo mais doce de morrer.*

57.

*Vita haina macho.*
[A guerra não tem olhos.]
Provérbio yao

O médico Hans Schreiber não precisou de sair de Milepa para se esquecer de si e do mundo. Porque tombou de borco assim que entrou na tenda, transpirando aguardente pelos poros. Por pouco não desabou por cima da fogueira. Os camponeses desfilaram em procissão perante o corpo tombado. Espreitavam, sacudiam a cabeça e seguiam caminho. Ficou junto dele a vidente Aluzi, o padre Sisnando Baião e os dois soldados brancos que o acompanhavam.

A um certo momento, o médico foi acometido de uma espécie de convulsões. *Está a sonhar,* disse o padre. *Não, não é um sonho, ele está a chorar*, disse Aluzi. *Está a chorar na língua dele.* Afastaram o médico da fogueira. Quando o arrastaram, o médico entreabriu os olhos, dois pequenos rasgões azuis na pele tisnada. Por essa estreita fresta, o médico viu o falecido Bokero debruçando-se sobre ele. Era o mesmo homem negro, alto e magro que ele mandara enforcar na árvore do tamarindo.

— *Não quero mais balas na nossa terra* — sentenciou Bokero. O velho rebelde mantinha um morrão de cigarro aceso dentro da boca. Era como se estivesse mastigando um pedaço do inferno. Cuspiu aparatosamente essa pasta de saliva e tabaco. E tossiu antes de falar, e tudo o que dizia era em alemão. Schreiber queixou-se de que estava a morrer de sede. O alemão sentiu os dedos do velho negro erguendo-lhe a cabeça. A taça estremeceu e a maior parte da mistela escorreu-lhe pelo queixo. O médico piscou os olhos e, por entre as brumas, o rosto de Bokero confundiu-se com as feições de Aluzi. Aos poucos, Hadrian foi-se afundando no escuro. E a vidente

fez com ele o que as esposas de Milepa fazem com os maridos moribundos: deitou-lhe a cabeça sobre a anca como se fosse o seu último colo.
— *Ninguém olhe para ele agora* — mandou Aluzi. — *O doutor vai demorar tempo a regressar. Ninguém toque no seu corpo. É como nós dizemos em Milepa, este homem comeu o coração de uma tartaruga.*
— *Vais matá-lo?* — perguntou o padre.
— *Não é preciso. Quando chegou a Milepa ele já não tinha vida.*

# Capítulo nove

## A PEDRA E A MONTANHA

*Uma pedra atrapalha mais do que uma montanha.*
Provérbio makwa

## 58.

*Zitseko nthawi zonse zimatsekedwa moyipa.*
*Ndi nthawi yokha yomwe imadziwa kutseka.*
*Makiyi onse ndi abodza.*
*Palibe kunja kapena mkati.*
[As portas ficam sempre mal fechadas.
Só o tempo as sabe fechar.
Todas as chaves são falsas.
Não há fora nem dentro.]
Canção de Milepa

Nataniel acordou entusiasmado. Em sonho lhe surgira um modo de salvar o entorpecido irmão. Espreitou pela janela da arrecadação. Reinava a mais total escuridão. Antes que o dia despertasse, o sipaio sacudiu Matias. *Vamos sair daqui?* Apoiando o cambaleante Matias foi imaginando uma maneira de arrombar a porta. Só então reparou que não havia fechadura, nem corrente, nem cadeado.

Nataniel encaminhou Matias por atalhos escuros em direção ao terreiro das cerimónias de iniciação dos rapazes. Era esse o plano de Nataniel. Quem sabe aquela visita ao *ndjando* pudesse reavivar a memória do irmão?

— *Vamos nascer juntos pela segunda vez.*

Quando chegaram ao terreiro foram deambulando pelo descampado, passaram pelas cabanas vazias, sentaram-se no lugar onde se desenham as grandes figuras mágicas. *Não queres desenhar um* cinyago, *mano?* Foi o que perguntou Nataniel. *Vê o que trouxe comigo.* E mostrou ao irmão uma caixa com farinha. Com a ajuda de Nataniel Matias retirou da cesta uma mão cheia de *utande.* Mas logo a deixou tombar sobre a terra. Nataniel segurou na sua mão a mão do irmão.

— *Senta-te, Matias. Enquanto desenhamos juntos, vou-te lembrar a história da nossa iniciação.*

## FALA DE NATANIEL JALASI

Numa noite do verão, dez anos atrás, as fogueiras em Milepa foram chamadas para aquecer os tambores: preparavam-se os festejos para o *unyago*. O meu irmão Matias tinha doze anos. E eu tinha sete. Até àquele momento, nenhum de nós era uma "pessoa". Não nos podíamos sentar com os adultos, não podíamos ver os mortos, não estávamos autorizados a falar com os deuses.

Na véspera do ritual, Matias parecia tranquilo e seguro, ansioso por que amanhecesse. Comigo acontecia o inverso. Eu estava em pânico. Antes de dormirmos, na ausência do nosso pai, o nosso vizinho Chifuniro passou-nos a *utande* pelo cabelo e pela testa. Lembro-me de que, naquele mesmo instante, baixei a cabeça e a farinha tombou sobre a terra vermelha. O vizinho sabia da minha relutância e advertiu-me: — *Não te esqueças: o teu pai é um apanhador dos escravos fugidos. De olhos fechados, Bomani sabe por onde eles andam e vai lá buscá-los. E agora, tu, Nataniel, queres fugir de ser um homem!? Vou-te dizer o que vai acontecer: o teu pai, mesmo morto, vai-te perseguir. E vai-te apanhar onde quer que te escondas.*

Na manhã seguinte, fomos levados para o *ndjando*. As mulheres ficaram do lado de fora do terreno. Olhei para trás e contive o pranto. Matias sacudiu a cabeça e empurrou-me em direção à cabana que iríamos partilhar durante as próximas noites.

No dia da circuncisão, eu e o meu irmão trajávamos um pano enrolado no pescoço e nos cobria o corpo até aos pés. — *Por que nos vestem assim?* — perguntei: — *E por que andam todos vestidos de mulheres?* Matias foi o primeiro a ser chamado. Avançou sem hesitar para a cabana onde um ngaliba aguardava com uma faca na mão. Um outro ajudante veio por trás para o imobilizar, mas o meu irmão afastou os braços dos que o queriam agarrar. Não é preciso, disse ele. Não me vou mexer, não vou chorar, não vou gritar. Quando saiu da cabana jurou que não tinha sentido nada. Apenas eu vi os dois sulcos sobre o enfarinhado rosto de Matias.

Quando chegou a minha vez eu chorava tanto que a luz me chegava como se eu estivesse dentro de água. O mestre de cerimónias mandou que me sentasse de costas para um adulto que logo me prendeu pela cabeça e pelos braços. A última coisa que vi foi o sol afiando o brilho da faca.

Consumada a mutilação, o ngaliba proclamou de olhos fechados: — *Agora, ficou escrito no teu corpo: tu és um homem, és filho dos vayao. O teu povo vem de uma colina onde não crescem árvores. Essa colina não fica em lugar nenhum. Quando nos aproximamos, ela dissolve-se nos nossos olhos. Nós, os vayao, somos os plantadores de sombras.*


59.

> *Os pés do filho*
> *são as pegadas da mãe.*
> Provérbio de Madziwa

Nas noites que se seguiram à circuncisão, os dois irmãos partilharam a mesma cabana. Tinham-lhes rapado o cabelo como se faz aos que estão de luto. Quando se deitaram na mesma esteira, os grandes olhos de Nataniel eram os de um condenado. Várias vezes Matias sentiu os dedos do irmão roçando os dele. Nataniel queria adormecer de mãos dadas. O irmão afastou-o. E foi-se deitar no chão, o mais afastado possível do irmão.

Quando as feridas secaram, o ritual acabou e os irmãos lançaram fogo à sua cabana. Deram-lhes uma capulana e mandaram que se cobrissem com ela. Caminharam até à entrada do terreiro. O celebrante gritou, como se fossem soldados: *Cabeça erguida, costas direitas! Mostrem que são homens.*

A seguir, deram-lhes um bastão para que exibissem o seu novo estatuto. Assim que saíram do acampamento e sem que ninguém visse, Nataniel quebrou o cajado e ergueu os dois pedaços como se fossem troféus de guerra. *Estás doido?* Perguntou Matias. *Não sabes que a* lipanga *é sagrada?* Nataniel não pareceu intimidado. Avançou sobre os *cinyago* e pontapeou o chão até desfigurar os desenhos. Foi então que Matias o agrediu. A raiva que descarregou sobre o irmão era maior do que o ódio que sentia por si mesmo. E bateu, bateu, bateu tanto que teria matado o irmão se o não tivessem impedido.

No último dia do *unyago*, as mães foram chamadas para identificar os filhos. Os jovens apresentaram-se à entrada do acampamento com uma capulana cobrindo-os da cabeça aos calcanhares. As mães aproximaram-se e se ajoelharam em frente dos filhos. Identificavam-nos apenas pelos pés descalços. Algumas choravam ansiosas. Depois cada uma delas se afastou de braço dado com a sua criança. Apenas Alile permaneceu imóvel como se não reconhecesse os dedos longos e tortos de Nataniel. Passado um longo momento, a mãe ordenou secamente: — *Vamos!* Nataniel perguntou por Matias. — *Ele já foi.* — respondeu Alile. — *O vizinho Chifuniro levou-o.*

No regresso a casa, o pequeno Nataniel foi espreitando pela fresta dos panos que se entreabria a cada um dos seus passos. Até que, num gesto seco, Alile puxou a capulana que tombou aos pés do filho. Atabalhoadamente, ele usou as mãos para se cobrir. A mãe deixou-o assim, despido e tocou levemente no corpo do filho. — *Estas feridas, foi Matias que te bateu?*

Na penumbra da casa, a mãe finalmente abraçou o filho. Ficaram assim, calados, de braços trocados, dedos siameses. Alile perguntou: — *Pensavas que não te tinha reconhecido?* E ciciou, a boca colada no ouvido do menino: — *A capulana podia roçar o chão, eu havia de te reconhecer. Todos os meus filhos, os vivos e os mortos, vivem no meu corpo.*

Alile como a preparar-se para as muitas tarefas que lhe eram interditas enquanto decorria o *unyago*. A partir daquele momento, ela podia voltar a lavar o corpo, a usar sal na comida, a sonhar com um homem.

— *Posso ir ver Matias?* — perguntou Nataniel. A mãe encolheu os ombros. E assim que o filho saiu pela porta, Alile pensou para si mesma — *Nataniel foi o único que voltou.* Essa tinha sido a razão por que, no fim da cerimónia, ela demorou tanto a reconhecê-lo. Queria prolongar aquele encontro. O que sucedia, naquele momento, era um parto repartido: mãe e filho nasciam-se mutuamente.

60.

*Asili jawukwile mbama.*
[O segredo foi revelado pelas formigas.]
Provérbio yao

Todas estas lembranças não trouxeram luz ao pensamento de Matias. A visita ao terreiro em nada reanimou o irmão mais velho. O ex-askari era agora uma ex-pessoa, incapaz de sair do torpor em que tombou depois de ter sido batizado numa pia de água e pólvora.

Reinstalaram-se os dois na velha arrecadação. Matias voltou a derramar-se na esteira e Nataniel foi espreitar à janela, atraído pelos ruídos que chegavam do pátio da igreja: os alemães preparavam-se para regressar à outra margem do Rovuma. Em solene procissão, a delegação foi desaparecendo por entre o espesso cacimbo, os cavalos resfolegando como se partissem já fatigados. Nataniel saiu do armazém e espreitou por detrás de uma moita. E viu o médico a interromper a marcha, a descer da montada para depois se aproximar de Sisnando Baião.

— *Quero falar consigo, padre, mas em privado. Sugiro que seja na sua igreja...*

— *A minha igreja é tudo isto* — disse o padre apontando a paisagem em redor. — *Sentemo-nos naquela sombra. Quer confessar um pecado, doutor?*

— *Sou protestante.*

— *O doutor sabe como é: cada um se perdoa a si mesmo.*

Assim que tomou assento, o alemão manteve-se calado, afilando o bigode. Ao longe ouviam-se os primeiros sinais da labuta matinal: mulheres cantando enquanto acartavam água, um machado golpeando um tronco, crianças simplesmente sendo crianças. Depois de um tempo, o alemão decidiu falar. No início, entaramelaram-se as falas. E não era a fluência em kiswahili que o atrapalhava.

— *Este assalto foi feito para não haver sobreviventes. E foi o que aconteceu, morreram todos.*

— *Eu não estaria tão certo, doutor.*

— *O que quer dizer com isso?*

— *Há sempre sobreviventes* — ripostou o padre.

Schreiber puxou a cadeira para mais perto do sacerdote. — *Em Madziwa matei um jovem...*

— *Desculpe, doutor. O senhor não matou um jovem. Matou dez. E todos inocentes.*

O alemão permaneceu calado, sobrolho erguido. Levantou-se para acender um cigarro. Estava tão tenso que se expressou em alemão. Depois, corrigiu. E voltou a falar em kiswahili.

### CONFISSÃO DE HADRIAN SCHREIBER

A primeira vez que me encontrei com Nataniel Jalasi foi quando ele cruzou o rio para buscar cuidados médicos. Tinha gânglios espalhados pelo corpo. O exame foi demorado e o estado dele obrigou a mais consultas. Essas visitas foram mudando lentamente de natureza. Criei uma crescente atração física por aquele jovem e nenhuma oração conseguia afastar aquela pecaminosa tentação. Quando dei por mim fiquei aterrado. Tudo aquilo acontecia num momento em que, entre os oficiais germânicos, só se falava do escândalo do meu colega Karl Peters, comissário na Ostafrika Alemã, que acabava de ser julgado e condenado em Berlim.

O comissário Peters matou centenas de africanos. Os indígenas chamavam-lhe o *milokono wa damu*, o homem com as mãos de sangue. No entanto, o crime que mais ocupou a opinião pública europeia foi a sua relação amorosa com uma mulher negra. Que ele tenha assassinado essa amante também não foi assunto. O amor por uma preta retinta, esse sim, era esse o mais imperdoável dos pecados.

Queriam manter a "pureza racial". Remavam contra a maré. O próprio governador Albrecht von Rechenberg envolveu-se com rapazes africanos. Foi outro escarcéu na imprensa e os juízes tiveram mais trabalho a abafar o caso do que a aplicar a lei. Peters e Rechenberg eram figuras públicas e aconteceu o que aconteceu. O meu caso seria julgado sem contemplações. Seria o

meu fim. Entende agora porque era preciso que
Nataniel Kirimi desaparecesse deste mundo?

Terminada a confissão, Schreiber ficou à espera da
reação do padre. — *Só queria saber...* — murmurou depois de um tempo — *Acha que me pode absolver?*
— *Não sei, doutor. Há muitos mortos nessa sua história...*
— *Que mortos? Falo da minha doença, padre, esse é o meu pecado.*


61.

> *Não tenho escolha:*
> *ou fico e não paro de sonhar,*
> *ou vou e não deixo de lembrar.*
> Diário de Hadrian Schreiber, médico alemão

— *Acha que me pode perdoar?* — voltou a perguntar, ansioso, Hadrian Schreiber.
O missionário permaneceu calado, com a cabeça entre as mãos, o tronco dobrado sobre os joelhos. A uma dezena de metros aguardavam, de um lado, a delegação alemã e, do outro, Aluzi Msafiri e a sua acompanhante.
De olhos mendigos, Hadrian Schreiber esperou que o padre lhe desse uma palavra, fosse em jeito de reprimenda ou, preferivelmente, na forma de uma absolvição. Tudo menos aquele enigmático e demorado silêncio. Cansado de esperar, o alemão levantou-se e virou as costas para se juntar à sua comitiva. Parou ao escutar o apelo do padre — *Fique mais um dia, doutor Schreiber.*
— *Não posso* — respondeu o médico, sempre de costas voltadas. — *Tenho de prestar contas aos meus superiores.*
— *Uma comitiva militar vinda de Porto Amélia chega*

*amanhã a Milepa* — anunciou o padre. — *Se ficar pode falar pessoalmente com os portugueses....*
— *Não posso, tenho deveres a cumprir.*
— *Vamos negociar uma absolvição* — sussurrou o padre.
— *Negociar?* — perguntou o médico.
— *Perdoo-lhe os seus pecados e, como prova dessa absolvição, prometo guardar segredo sobre o que contou. Em troca, o doutor vai dizer aos portugueses que nada se passou em Madziwa.*
— *Não acredito que eu esteja a negociar consigo...*
O médico fechou os olhos, inspirou fundo e gritou em alemão. O padre assustou-se. Schreiber dava ordens para que a comitiva ficasse em Milepa.

### 62.

*Deus está a envelhecer e o mundo está moribundo.*
*Resta-nos viver tudo e viver depressa.*

Padre Sisnando Baião

A mesma dúvida perseguiu o alemão durante o resto do dia: como é que ele, um protestante, aceitara confessar-se a um padre e, ainda por cima, um falso padre? O médico não sabia responder, talvez ele simplesmente precisasse de um ouvido que lhe fosse familiar. Mas agora, depois da chantagem feita pelo padre, tudo lhe parecia diferente. Talvez ele, Hadrian Schreiber, tivesse mais motivos para chantagear o sacerdote: os serviços secretos alemães pesquisaram o passado de Sisnando Baião. O médico trouxe esse relatório nesta viagem. Mas como consultar esse documento agora que os papéis se haviam deslavado? Uma coisa era certa: Sisnando não era um vigário. Era um vigarista. Os seus pecados podiam ser grandes. Mas os dele, os desse mulato de batina, eram com certeza bem maiores.

Esse burlão dos trópicos era quem se devia ajoelhar e penitenciar-se perante o Criador. Mesmo sendo infinita, a bondade divina não bastaria para o absolver. As ofensas desse mestiço pediam um outro Deus. É por isso que o falso sacerdote escrevia uma nova bíblia. Para inventar um novo Deus.

63.

*E ele vai baloiçando como um mastro*
*Aos seus ombros apoiam-se as esquinas*
*Vai sem aves nem ondas repentinas*
*Somente sombras nadam no seu rastro.*
Sophia de Mello Breyner

O ditado russo diz: o futuro é certo, o passado é imprevisível. No caso do médico alemão sucedia o inverso. Sofria de incertezas sobre o futuro, mas não tinha nenhuma dúvida sobre o tempo já vivido. E era bem exata a lembrança da manhã fria de 1905 em que foi chamado a comparecer na extensa plantação de algodão onde Bokero acabara de ser capturado. Os polícias saudaram-no: bem-vindo, doutor. Mas o alemão não estava ali como médico. Vinha na qualidade de major. Os revoltosos tinham arrancado do chão milhares de algodoeiros, as mesmas plantas que os haviam obrigado a plantar. Depois de as desenraizar, espalharam o algodão sobre a terra. A plantação tornou-se num manto branco a perder de vista. Hadrian contemplou aquela paisagem e não viu os corpos jazendo entre os arbustos. Observou aquele imenso lençol branco e murmurou extasiado: — *Neve! É neve!*

Lançou-se pelos campos adentro, arrastando as botas

com medo de se afundar naquele falso chão. Os soldados ainda chamaram por ele: — *Doutor Schreiber!* Em vão. Há tanto tempo o médico esperava por aquele inverno que não reparou no sangue que as botas estavam tingidas de vermelho.

Finalmente, o major serenou. Foi quando lhe trouxeram o famoso Bokero, cabecilha da rebelião dos Maji-Maji. Tinha as mãos amarradas, os braços golpeados e o rosto coberto de sangue. De olhos fechados, Schreiber ordenou que o chefe dos revoltosos fosse enforcado na mais alta das *mbawas*. Os soldados podaram todos os ramos da árvore, exceto o mais alto. Desse modo, o cadáver ficaria mais exposto. E ali penduraram o insubmisso Bokero.

FALA DE ALUZI MSAFIRI

Foi um erro. Na verdade, não foram os alemães que decidiram pelo enforcamento. Foi ele, Bokero, que se pendurou sozinho como quem veste um mastro. Ele sabia. Ninguém morre nos ramos de uma *mbawa*. As pessoas diziam: penduraram uma árvore no pescoço dele. Era assim que diziam.

A última vez que o viram, anos depois da sua morte, Bokero caminhava sobre a areia molhada, os pés como quilhas de barcos sulcando as margens. No instante seguinte, não havia pegada na areia, nem havia aves nem ondas no rio. A voz de Bokero ainda pairava como uma eterna nuvem. E era um mau agoiro o que ele fazia ecoar pelos vales — *dispararam sobre os nossos irmãos e os que não tombaram foram os que já não tinham corpo. A pólvora espalhou-se pelos céus como poeira na tempestade. Essa pólvora vai descer à terra na forma de raios e trovoadas.*

Capítulo dez

## OS QUE ACENDEM AS FONTES

*Vengo de dibujar el blanco*
*de una bala en mi frente,*
*de llevar la mañana a los ojos nublados,*
*de sacar a la calle al luto y a la fiebre.*
*No sirve ya el papel.*
*No sirve el llanto.*
*Escribo en las paredes.*
                              Juan Banuelos

## 64.

> *Nguku jacilendo kuwengana ni yitola.*
> [A galinha recém-chegada deve ter cuidado com as águias.]
> Provérbio yao

A expedição do português Álvaro Centeno entrou em Milepa na segunda manhã de setembro de 1914. O padre não estava na praça a receber os portugueses. Eles que o procurassem. Foi o que fez o capitão: desceu da sua montada e atravessou o terreiro com passada marcial. Chegado à igreja, ajeitou o bivaque, sacudiu a poeira do casaco e bateu vigorosamente à porta. Aguardou um tempo até que, à sua frente, compareceu um homem barbudo envergando uma encardida batina.

— Padre Sisnando Baião? — perguntou Centeno. Sem esperar resposta, anunciou: — *Venho aqui para o prender.*

— Chegou tarde, capitão. Há anos que estou preso.

— *Vou levá-lo para a Ilha de Moçambique. Vai ter de responder perante as autoridades competentes.*

— Todos os dias respondo perante a mais competentes das autoridades e não preciso de sair do quarto para o fazer.

Sisnando Baião acabou de pronunciar estas palavras e bateu palmas. Em poucos instantes, o terreiro encheu-se de gente. — *Tragam comida, bebidas e os sombreiros* — ordenou Sisnando. — Não é todos os dias que chega alguém para nos prender.

O capitão voltou a confrontar o sacerdote, que se mantinha parado à porta da igreja. — *Esta paróquia responde perante a Diocese de Porto Amélia?*

— Diocese de Porto Amélia? Nunca ouvi falar — respondeu o padre.

Com as mãos cruzadas atrás das costas, o português entrou na igreja e foi inspecionando os recantos do edifício. Não havia cadeiras nem bancos corridos, apenas esteiras de palha espalhadas pelo chão. Capulanas, búzios, sementes e um saco de farinha junto à cruz de Cristo, todos aqueles adereços confirmavam as suspeitas do militar: não estava num templo, mas num bazar onde se mercadejavam deuses, crenças e rezas.

— E aquele Cristo, no altar?
— O que é que tem o Cristo, capitão?
— Puseram-lhe mamas de mulher!?
— E é assim que está certo — garantiu o padre. — Para o povo de Milepa, Deus é mulher.

Nos crucifixos da sua igreja não havia tábuas em ângulo reto. Os braços de Jesus apoiavam-se na bifurcação de uma árvore. *A cruz não é obra de carpinteiro*, disse Sisnando. É obra da vida.

O militar parecia não ter escutado uma única palavra. Só depois de o padre se calar fez uma pausa na sua busca policial naquele recinto que, de acordo com as suas suspeitas, não era senão o cenário de um crime.

— *A propósito, padre Sisnando: onde está a sua famosa Bíblia?*

Sem parar de remexer por entre a tralha empilhada, o padre foi dizendo: *não espero que me entenda, capitão, mas a única maneira de ensinar a Bíblia é esquecer que alguma vez ela tenha sido escrita.* Por fim, ergueu uma resma de papéis costurados uns nos outros. Na capa de couro, estava gravado a tinta preta já bem deslavada: "Buku jasambano". E por baixo, a tradução em português e em letras minúsculas: *A Nova Bíblia*.

O capitão sentou-se com o calhamaço no colo. Demorou um tempo a abrir o livro. Procedia com o zelo de quem manipula uma granada.

— *Está escrita em ciyao, não vai perceber nada* — advertiu Sisnando. — *De todo o modo, vou buscar um candeeiro para que aprecie a qualidade das ilustrações.*

— Ilustrações?

Eram réplicas dos desenhos feitos nos terreiros de ini-

ciação dos rapazes. Foi o que o padre explicou antes de se retirar em direção à sacristia. Demorou-se sem nenhuma outra razão que não fosse fazer esperar o militar. Regressou com uma lamparina a petróleo e deparou com o capitão na mesma posição em que o deixara, os dedos descerrados entre as páginas e os olhos postos no infinito.
— *Foi isto que esteve a escrever, padre?* — perguntou o capitão com voz sumida. E deixou tombar o livro. As páginas soltaram-se e esvoaçaram como mariposas brancas sobre o chão. — *Fiz toda esta viagem para isto?* — interrogou-se o militar. Depois, retirou-se com passo sonâmbulo. Sobre os papéis as suas pegadas ficaram gravadas.


65.

*Acusam-me de ser um profeta.*
*Quem não é profeta num mundo tão sem crença?*
Padre Sisnando Baião

O padre acompanhou o capitão até à saída. Antes de lhe abrir a porta, o sacerdote advertiu: lá fora, aguardava o empertigado Hadrian Schreiber.
— *Schreiber? E o que é que ele quer?*
— *Quer falar consigo.*
Sisnando segredou: *não saia de imediato, capitão, deixe o alemão esperar.* E acrescentou: — *enquanto aguarda o tipo vai baixando a grimpa.* A exibição de autoridade resultou: foi Schreiber quem se aproximou, pedindo licença para falar. — *Em que língua falamos?* Perguntou Centeno num deplorável inglês. O alemão sorriu, condescendente: — *Em francês, vamos tentar em francês?* O português anuiu, vacilante. Depois, mais seguro, acabou sugerindo: — *É melhor que seja em kiswahili. Eu desenrasco-me, mas você é fluente nas línguas dos cafres.*

— *Chegou aos meus ouvidos que tinha uma carta para me entregar* — disse Centeno.
— *Quem lhe disse?*
— *Esse mato parece vazio. Mas está cheio de vozes.*
— *Não lhe posso entregar a carta, neste preciso momento* — disse o médico alemão. — *Aliás, não vou poder entregá-la nunca. Nesta viagem aconteceram coisas estranhas.*
— *Não me vai entregar essa carta quando lhe der na gana, vai-me entregar quando...* — Centeno não chegou a terminar a frase. De repente, todo ele empalideceu, buscou no bolso um lenço para enxugar o rosto. Acometido por uma espécie de vertigem acabou por desabar no meio do chão. O médico ajudou-o a recompor-se. Assim que retomou o fôlego, o capitão ergueu os olhos mendigos para Hadrian Schreiber — *Doutor, preciso da sua ajuda.*
— *Desaperte o colarinho, capitão.*
— *Desaperto tudo, doutor* — murmurou, submisso. — *Até aqui, falei consigo de capitão para major. Mas preciso de si como médico. Estou doente, doutor. Muito doente.*
— *Venha comigo, vou examiná-lo na minha tenda.*


66.

*Masi gangaliwalila lukoloma.*
[A água não esquece o leito do rio.]
Provérbio yao


No aconchego da sua tenda, Hadrian Schreiber escutou as queixas do português, franziu o sobrolho e indagou: — *Não consegue escrever, meu capitão? Essa doença tem um nome: agrafia.* — Estendeu uma folha sobre a mesa. E colocou um tinteiro e uma caneta à disposição do acabrunhado paciente.

— *Sabe qual é a minha maior paixão?* — O alemão não esperou pela resposta. — *A grafologia.*
— *Não sou dado a crenças, doutor. Sou um militar, republicano e agnóstico.*
— *A grafologia é uma ciência, meu caro. Nunca leu os livros de Sherlock Holmes?*
O detetive inglês, explicou Schreiber, usava a caligrafia para decifrar o caráter do assassino. Do mesmo modo, estava cientificamente provado que se pode diagnosticar uma doença pela letra do paciente. Era um procedimento garantido, sublinhou o alemão, tamborilando com os dedos sobre o tampo da mesa. Em África, infelizmente, ele não podia fazer uso dessa habilidade.
— *Escreva aqui qualquer coisa, capitão. Vá, escreva o seu nome.*
As mãos do português permaneceram imóveis acantonadas nos bolsos da farda. E manteve o olhar distante dos olhos, a alma vagueando em parte incerta.
— *Mas lembra-se do seu nome?* — inquiriu Hadrian.
— *Preferia não me lembrar.*
— *E então? Por que não pega na caneta?*
— *Tenho medo* — murmurou o português, balançando as costas. Entre a cadeira e a mesa havia um insuperável abismo.
— *Faça um esforço, capitão. Não se importe com a caligrafia. Rabisque o que lhe vier à cabeça.*
— *Não são as mãos, doutor. É a cabeça. Não me lembro de nenhuma letra.*
— *Desenhe um rosto. Um rosto que lhe seja familiar...*
— *Há tanto tempo que não vejo um rosto familiar.*
— *O capitão tem tomado quinino? Ou é dos que não tomam comprimidos com medo de ficar impotente?*

FALA DO MÉDICO HADRIAN SCHREIBER

Durante todo o exame médico, o português
Álvaro Centeno manteve-se cabisbaixo e mudo.

Auscultei-lhe o peito, avaliei-lhe a temperatura e medi-lhe o pulso. Tenho para mim que o primeiro passo para debelar uma enfermidade é dar-lhe um nome. Durante a consulta, fui inventariando as maleitas tropicais: a perniciosa, a anemia palustre, o sezonismo, a doença romântica, a filariose linfática. Deixei para o fim a doença que mais me intrigava: a cegueira dos rios. Assim designada, ninguém sabe se a enfermidade pertence à pessoa ou aos rios.
— *Você está apenas cansado* — concluí de forma descontraída. E voltei a encorajar o acabrunhado capitão. — *Escreva apenas uma simples letra. Por exemplo, a letra "t". O travessão do "t" já diz muito. Ou se preferir rabisque um número.*
Nem letra, nem número, nem travessão. Nada. A inaptidão do português era total e definitiva. Resignado, fui recolhendo as folhas. De rompante, o capitão estendeu os braços, aos berros — *Não toque nesses papéis, doutor! Estamos em África, esta doença deve ser contagiosa. Quem sabe, talvez estes cafres tenham feito qualquer coisa com a tinta ou, ainda pior, tenham enfeitiçado o papel...*

Nunca em toda a sua vida Hadrian Schreiber tinha deparado com um homem tão perturbado. Aquela visão confirmou o que ele pensava do império português: os lusitanos eram poderosos apenas no mar. Nos territórios que pensavam ter conquistado, governavam apenas a partir das ilhas. Por essa razão, o governo colonial tinha instalado a capital na Ilha de Moçambique. E a Companhia do Niassa tinha a sede na Ilha do Ibo. Em terra firme, os portugueses afundavam-se na paisagem. Foi o que sucedeu a Bruno Estrela no posto de Madziwa. O homem era uma ilha. Uma ilha encalhada no deserto.

— *Somos tão poucos e esta nossa colónia é tão extensa...* — balbuciou o fragilizado capitão. O médico contemporizou. — *Isso que você chama de "colónia" não é mais do que um porto. Era isso, Moçambique: um extenso cais onde atracam barcos que ninguém conhece, cheios de gente que ninguém convidou.* — Talvez seja melhor assim, capitão Centeno. *Talvez seja melhor que o senhor nunca mais volte a saber ler ou escrever. Assim não lhe custará tanto a derrocada do seu império. Os ingleses vão ganhar esta guerra. E sabe porquê? Desde o princípio, eles perceberam que, mais do que os continentes, é preciso colonizar o mar. Você anda preocupado com um fantasmagórico posto perdido no meio do sertão? Eles andam ocupados com navios que são verdadeiras fortalezas patrulhando os oceanos. Esses mesmos oceanos que, a partir de agora, teremos de pedir licença para atravessar.*

67.

*Wamasoka wajiweni ngondo.*
[O louco foi quem viu a guerra chegar.]
Provérbio yao

O médico entregou ao capitão um frasco com valeriana. — *Faça um chá à noite. Melhor, dissolva as raízes num cálice de conhaque.* — disse isto e puxou para si uma resma de papéis — *Vou escrever aqui o nome de um medicamento. Quando regressar à Ilha entregue esta receita ao farmacêutico Rodrigues.*

O capitão não levantou os olhos do chão, a cabeça apoiada entre as mãos. Escutou o rumor da caneta vencendo o atrito. Depois, chegou-lhe o ruído de uma folha de papel sendo violentamente amarfanhada. De novo, o bico riscando. Logo a seguir, uma outra folha sendo rasgada. E, uma vez mais, a ponta metálica lavrando o papel, agora sobre um fundo sonoro de imprecações ciciadas em alemão. Álvaro Centeno ergueu os olhos para confirmar a suspeita: tal como ele, o médico não conseguia escrever. Três folhas amachucadas moviam-se com alma própria sobre a mesa.

O alemão inspirou fundo e, com raiva contida, assegurou que não havia problema, já lhe acontecera antes: a caneta era velha, o ar dos trópicos corroía o metal do mesmo modo que esboroava os cérebros. — *Trago sempre comigo cópias de receitas* — disse, abrindo a maleta. — *Vou--lhe entregar uma dessas prescrições já assinada e carimbada.*

No momento seguinte, voltaram a escutar-se as obscenidades, agora apregoadas em fúria: nenhuma das receitas estava legível — *Scheiße, verdammt!*

O alemão saiu da tenda, a caneta estéril na mão direita e o infecundo papel na mão esquerda. Olhou a luminosidade que despontava na outra margem do rio. E tudo o que viu foi um corpo balançando numa árvore. Esse pêndulo era maior do que o sol.

FALA DO MÉDICO SCHREIBER

Não tarda que esta mesma paisagem se encha de soldados portugueses e esses, sim, terão todos os motivos para ficar angustiados. Virão fardados, mas não chegarão nunca a serem soldados. E não será necessário gastar uma única bala. Porque eles morrerão atolados nos pântanos e sucumbirão de doenças que não têm ainda nome. Foi o que fizemos com os revoltosos de Bokero. Empurrámo-los para as terras áridas onde morreram de fome e de sede. Tudo se passou sem algazarra, sem gritos, sem sangue.

Os mortos são estranhos e eu conheço-os melhor do que aos vivos: quanto menos são, mais pesam. É o que sucede nas grandes tragédias: quando as vítimas são demasiadas, ninguém se dá ao trabalho de as contar. E o que não se pode contar converte-se em nada.

# Capítulo onze

## ONDE A NOITE DORME

*A minha raça é uma casa, não é uma prisão.*
*Saio dela e volto a entrar quando eu quiser.*
*E não quando os outros, sejam eles quais forem,*
*me derem ordem para o fazer.*
Matias Kirimi

## 68.

*Ngomo kasa musi.*
[A boca partiu a aldeia.]
Provérbio yao

Naquela noite, a profetisa abrigou a portuguesa na sua residência.
— *Durma aqui esta noite, dona Constança, não há melhor casa que uma boa companhia.*
Uma única lamparina era suficiente para iluminar o exíguo espaço da sua moradia. Do recheio constavam apenas uma cama e uma cadeira. Aluzi bateu com a mão no leito, acariciou o colchão de palha e proclamou — *esta é a única cama em toda a aldeia*. Ela era uma rainha e recusava-se a dormir numa dessas cindandas feitas de pau rústico e de palha entrançada. Todas as manhãs, a profetisa levava a cama para fora da casa. Deixava-a no pátio a apanhar sol para que todos vissem onde ela dormia. Ela sabia, é preciso alimentar a inveja. Não é que seja bom que ela exista, a inveja. Mas é bem pior que deixe de existir.
— *Cabemos as duas aí, as mulheres sempre cabem.*
— *Durmo no chão* — reagiu a portuguesa, sentando-se na berma da cama. Ficaram caladas, de costas viradas. — *Onde aprendeste a falar tão bem?*
— *Toda a gente fala bem, dona Constança. Cada pessoa tem a sua língua, não se esqueça...*
Constança foi até à porta. Nunca tinha visto anoitecer tão abruptamente. *Amanhã*, disse ela, *vou encontrar-me com o meu genro.* De longe, chegava o som de um batuque.
— *E tu, tens filhos?* — perguntou Constança.
— *Adivinhe.*
— *Não tens.*
— *Como sabe?*
— *Se tivesses filhos não me pedias para adivinhar.*

## FALA DE ALUZI MSAFIRI

Vão dizer-lhe que não tenho filhos, vão dizer que sou uma mulher estéril. É mentira. A verdade é a seguinte: estou grávida há muitos anos, sem nunca chegar ao parto. O padre Sisnando não se cansa de repetir: é um milagre haver uma mulher assim, em eterno estado de graça. E eu sempre lhe digo: o milagre não é dar à luz. O milagre é ser mãe a vida inteira.

As minhas vizinhas desconfiam: devo ser dessas que fingem estar grávidas para se pouparem aos maus tratos dos maridos. Mas eu, Aluzi Msafiri, nunca tive alguém que pudesse chamar de marido. Por que razão teria que fingir?

Quando Sisnando se preocupa com os meus cansaços ponho a mão dele sobre o meu ventre e digo: — *Sinta, Sisnando, sinta como o meu filho dança dentro de mim*. E deixo a mão ossuda do padre demorar-se no meu corpo. Depois, murmuro ao ouvido dele:

— *Esta criança é tão feliz que não precisa de nascer.*

69.

*Eterno não é o que vive. Mas o que nasce.*
Excerto da Bíblia de Sisnando Baião

Por entre o escuro, Constança avistou um grupo de pessoas marchando de forma compassada. Os homens carregavam uma enorme e pesada caixa. Entoavam uma espécie de cantochão para afinar a força de cada um com o esforço de todos.

— *Estão a roubar o sino!?*
— *Roubar é uma palavra pesada, dona Constança.* — E Aluzi juntou-se à portuguesa no vão da porta. — *Estão a levar o sino para outro lado.*
— *Que outro lado?*
— *Levam-no para o* nasyo.

O *nasyo* era o forno de fundição de ferro. Aluzi sorriu, maliciosa: o destino do sino benzido pelo bispo era, afinal, o fabrico de armas, catanas e panelas. *Quem sabe*, murmurou ela, *Deus esteja mais presente numa panela do que num sino?* Depois, tocou no ombro da visitante: — *Venha-se deitar, dona Constança. Uma mulher não fica à porta no meio da noite.*

Relutante, a portuguesa obedeceu. Demorou um tempo a estender-se sobre o colchão. Permaneceram hirtas como estátuas até Aluzi se soerguer apoiada sobre o cotovelo. — *A senhora sabe que é a primeira mulher branca a pisar em Milepa?* Sem esperar resposta, a anfitriã arrastou-se para ficar mais próxima — *Por que veio de tão longe?*

Constança falou de olhos fechados. Não vinha por causa do genro, o sargento Bruno. Viajava para salvar Flávia, a sua filha. Com um gesto vigoroso, retirou do bolso um maço de papéis.

— *Estas são as cartas para afastar Bruno. Vou rasgar isto tudo, tenho vergonha do que fiz.*

— *Dê-me esses papéis. Vamos queimá-los* — disse Aluzi apontando para a fogueira à entrada da porta. E assim procederam. Os papéis contorceram-se como se estivessem à espera das chamas para se tornarem vivos.

Não queimaram tudo. Uma das cartas permaneceu entre os dedos da portuguesa. Acariciou demoradamente os cantos do envelope. — *Só esta carta é verdadeira* — disse Constança. — *E quem a redigiu mal sabia escrever.*

— *Deixe-a aqui, nesta caixa* — disse Aluzi.

— *Não posso. Prometi que a entregava pessoalmente nas mãos de Bruno.*

— *Ele não vai ler. Não lhe disseram que ele está cego?*

— Vou ler-lha em voz alta.
— Ele não vai escutar. Não está a entender, dona Constança?

A portuguesa franziu os olhos, pesou a tristeza das palavras de Aluzi e sacudiu levemente a cabeça. A vidente passou o braço sobre os seus ombros. Num suave embalo, os dedos escuros roçaram a pele clara de Constança. A portuguesa desatou a soluçar. E nenhuma palavra foi dita.


70.

> *Nas minhas mãos há uma Bíblia*
> *que nunca foi escrita.*
> *Não foi escrita.*
> *Mas foi queimada.*
> Asaf Avidan

Aluzi conhecia os meandros do desgosto. Por isso deu tempo para que Constança chorasse sozinha. Só depois abraçou a portuguesa, que suspirou de encontro ao seu peito: *Estou destroçada*. Aquelas primeiras palavras eram ainda um pranto em busca da fala. Depois, a voz ganhou a espessura de uma lâmina — *Pobre rapaz, teve de vir para África para ser morto*.

— Quem o matou foi um branco, não se esqueça, dona Constança.

— Não foi um branco. Foi uma branca, fui eu que o matei. Fui eu que pedi ao ministro da Guerra para que Bruno embarcasse para África. — Fez uma pausa e declarou: — Flávia nunca me irá perdoar.

— Venha comigo, dona Constança. Vou-lhe mostrar uma coisa, venha que lhe vai fazer bem. — Com suave vigor, a vidente foi arrastando Constança para fora de casa. Conduziu-a por entre escuros atalhos até darem num forno alto, um velho *nasyo* que resfolegava como um dragão no meio da noite. *Deixa-me voltar para casa*, insistia Constança deixando-se arrastar com estranha docilidade.

O velho forno tinha sido instalado no oco de um morro de muchém. Por entre as labaredas, adivinhavam-se os contornos de um volumoso objeto incandescente. A vidente dirigiu-se a um dos ferreiros e perguntou:

— *Ndi belu?*

— *Inde, ndi belu* — respondeu o homem.

É o sino, confirmou Aluzi dirigindo-se a Constança. Um dos ferreiros saudou a estrangeira e avisou-a com delicadeza, podia ficar perto, mas sem nunca se aproximar — *Quem espreita um nyaso vai mijar ferro derretido a vida inteira.*

Com os olhos piscos, Constança Meireles viu as fagulhas esvoaçarem, incandescentes vaga-lumes. Se havia lágrimas nos seus olhos seriam por causa do fumo. Ao regressar, a portuguesa apoiou-se no braço da profetisa. E admitiu: — *Fez-me bem sair*. Aluzi sorriu e inclinou a cabeça sobre o ombro da portuguesa.


71.

*Não tens terra natal.*
*Nasceste no teu próprio corpo.*
Provérbio de Madziwa


Reentraram em casa, rodeando a panela de água posta sobre a fogueira. *É para o seu banho,* esclareceu a dona de casa. *Aqui, em Milepa, os visitantes não tomam banho no rio,* acrescentou. A anfitriã verificou a temperatura da água, levou a panela para o alpendre e subiu para um banco com a caçarola na mão. *Vai tomar banho vestida?*— perguntou. A portuguesa hesitou antes de desapertar a blusa. *Vou deixá-la sozinha,* disse a vidente. *Tomar banho junto, nem marido e mulher,* ironizou.

Depois do banho, a vidente ergueu uma blusa cheia de cores desafiando a hóspede. — *Vamo-nos fazer bonitas?* — A portuguesa estranhou: — *Vamos sair?* E a outra respondeu: — *Vamos para outro mundo sem passar por aquela porta.*

As mulheres enfeitaram-se e fizeram uso dos perfumes que Constança trouxe de Lisboa. Enquanto se olhavam a um pequeno espelho, a portuguesa perguntou: — *Onde aprendeste a escrever?* A vidente respondeu, apontando para o próprio rosto: — *Vê aqui? É a minha citópole, a tatuagem que os homens de Milepa fazem na testa das mulheres* — fez uma pausa e suspirou: — *Já fui de alguém, sabe?*

— *Todas fomos* — comentou Constança.

— *A senhora escolheu o seu marido?*

— *Que verbo é esse: escolher?* — perguntou a portuguesa. E riram-se como duas adolescentes. E Aluzi, entre tosse e gargalhadas, foi falando: — *É como se diz, por aqui: só volto a cair quando não houver chão.*

A portuguesa contemplou longamente a profetisa — E pensou, sem nada dizer: aconteceu um milagre. Nós estávamos cegas. Olhávamos uma para a outra, éramos duas mulheres e não nos conseguíamos ver. Essa era a nossa grande cegueira.

FALA DE CONSTANÇA MEIRELES

Pedi a Aluzi que me servisse uma bebida. Estendeu-me uma lata de alumínio. *Beba, é nyipa, preparada por mim,* anunciou. E eu perguntei: *é forte?* Aluzi confirmou com um aceno de cabeça. Provei. Era tão forte que não tinha sabor. *Peço desculpa,* disse ela, corrigindo-me o gesto. *Não é assim que se bebe.* Encheu o copo dela e bebeu de um só trago para, logo a seguir, cuspir e vociferar: — *Capitão Álvaro!* — Engasgou-se como se o nome viesse das entranhas — *É assim que procedemos* — afirmou a preta, depois de se recompor. — *Não é só beber. Temos de beber contra alguém. É como fazem os caçadores: no preciso momento em que disparam a flecha eles anunciam o nome de quem vão matar.* — Voltou-se a servir, ergueu o copo e saudou: *Esta é a verdadeira Pombe ya nkazi, a bebida feita pelas mulheres.* E as gargalhadas ecoaram pelo quarto.

Era assim que eu me devia rir, com a alma solta e o corpo inteiro. Mas só pode rir assim quem não acredita na morte.


72.

*Osadzitama: ngati udamira mumtsinje*
*Zinali chifukwa chakuti madziwo anakulowetsani.*
[Não te vanglories:
se mergulhaste no rio
foi porque a água te deixou entrar.]
Provérbio de Milepa


Vestidas para a festa, Aluzi e Constança beberam, cantaram e dançaram. Depois, exaustas e felizes, deixaram-se tombar na cama como se atirassem para o leito de um rio: — *Vamo-nos despentear?* Entrelaçaram os braços e cada uma desapertou o vestido da outra. A portuguesa ainda escutou um derradeiro murmúrio: — *Queria um feitiço, Constança? Pois enfeiticemo-nos uma à outra.*

## FALA DA ALUZI MSAFIRI

Constança Meireles fez-me lembrar o dia em que desembarquei em Milepa, há tantos anos que perdi a conta. Naquele momento, toda a aldeia desconfiou de mim. Como era possível uma simples mulher caminhar de olhos tão levantados, tão luminosa e exibida? A resposta só podia ser uma: eu era uma feiticeira. Qualquer outra mulher morreria com medo da inveja e dos maus olhados. Até que, numa madrugada, acordei com um rumor no pátio. Espreitei pela janela, uma dezena de mulheres aguardavam em silêncio. Quando assomei à porta, elas disseram — *viemos-te buscar.*

Sem dizer uma palavra, levaram-me para o *n'sondo,* o lugar onde se iniciam das raparigas. Ali, longe de tudo e de todos, a mulher mais velha fez uso da palavra. E disse que os homens gostavam de lembrar a história dos Maji-Maji que aconteceu do outro lado do Rovuma. Mas esqueciam-se das mulheres que comandaram essa revolta, lado a lado com os homens. Essas mulheres tinham nome: Mkomanile e Komandire. As duas foram condenadas à morte pelos alemães. Komandire antecipou-se à forca. Suicidou-se. — *Não dou esse poder aos meus carrascos* — proclamou ela. — *Não tive vida que fosse minha. A minha morte não vai ser de mais ninguém.*

A outra mulher, Mkomanile, conseguiu fugir, adentrando-se pelo mato até chegar à margem norte do rio. Na outra berma ficava a aldeia de Milepa. Essa mulher vinha grávida, tão redonda e pesada que não teve força para atravessar o rio. Gritou para que a viessem buscar. Um barco foi em seu socorro. Mkomanile deu à luz no meio da travessia. — *Eu estava nesse barco* — disse a mais velha das mães. Tinha sido ela que tinha cortado o cordão da criança. Nesse tempo não se usava faca. Afiava-se um pedaço de cana-de-açúcar. Era assim que se fazia: o corpo de quem nasce, corta-se com uma coisa viva.

O relato ficou suspenso, as mulheres de olhos fixos em mim. Depois de um longo silêncio, a mesma idosa senhora murmurou: — *Essa menina que nasceu no rio, essa filha de Mkomanile és tu, Aluzi Msafiri.* As outras mulheres, em coro, declararam: — Tu és filha de Bokero!

— E a minha mãe? Onde está ela?

— *Quando chegou à outra margem Mkomanile já não tinha vida.*

Escutei as mulheres e chorei. Elas choraram comigo. Não podiam adivinhar, porém, que as minhas lágrimas eram falsas. Tão falsas como a história que me acabavam de contar. Fiz de conta que acreditava no que me haviam contado. Afinal, essas mulheres não me forjavam um passado. Inventavam-me um futuro. Os homens estavam longe, os campos estavam secos, as machambas estavam desertas. Queriam uma mulher que trouxesse a esperança que Bokero tinha acendido do outro lado do rio. Em Milepa, o futuro é coisa muito rara. Tão rara que não há palavra para o nomear.

# Capítulo doze

## A VÉSPERA

*Os navios à distância têm a bordo o desejo de todos os homens. Para alguns, eles chegam com a maré. Para outros, eles navegam para sempre no horizonte, ao alcance de um olhar* [...].
Zora Neale Hurston

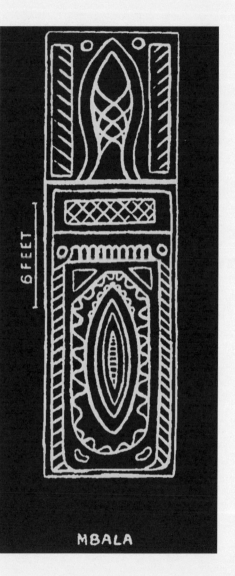

MBALA

## 73.

> *Os cavalos são o que nos resta dos dragões.*
> Excerto da Bíblia de Sisnando Baião

Na penumbra da tenda, Hadrian Schreiber preparava a sua bagagem quando viu o céu escurecer. De repente, começou a chuviscar. O alemão pensou: os negros devem estar felizes, os deuses escutaram as suas rezas. Em poucos segundos, porém, o que era um chuvisco transformou-se numa carga de água. Por entre as espessas gotas, o médico viu o capitão português, com um capote posto sobre a cabeça, apressando-se a buscar abrigo debaixo do seu toldo.

Foi então que Schreiber escutou um relinchar de cavalo. Espreitou para o descampado e reparou que a sua montada se mantinha estranhamente imóvel. Voltou a sair da tenda e deu uma palmada no flanco do bicho. Em vão. Nem um músculo se moveu. O médico ajoelhou-se e espreitou-lhe as patas. Naquele momento viu as fissuras, fundas e brancas, nos cascos do bicho. Sacudiu a cabeça, tão desalentado que se esqueceu da tempestade. Sabia das doenças dos homens e dos bichos. Aquele cavalo, o seu antigo e fiel companheiro, tinha poucos dias de vida.

Schreiber dirigiu-se à tenda para dela regressar com uma pistola na mão direita e a bandeira da Ostafrika, a África Oriental Alemã, dobrada sobre o braço esquerdo. Cobriu a cabeça do cavalo com a bandeira e desfechou-lhe dois tiros. Abriram-se dois buracos no pano tricolor que, dias antes, tinha servido de estandarte no ataque a Madziwa. A bandeira dos alemães — com as suas faixas branca, vermelha e preta e uma águia de asas escancaradas ao centro — servia agora de mortalha no meio do descampado africano. Sem espanto, Schreiber viu a águia erguer-se do sangue para levantar voo e dissolver-se no céu escuro.

No abrigo da tenda, Schreiber instalou-se abatido como uma águia encharcada. A chuva não deixou que desse conta da chegada do padre Sisnando e da vidente Aluzi. — *Deixou cair a sua medalha, doutor* — avisou a profetisa. — *Encontrámo-la junto ao rio*. O militar dobrou a mão em concha para que a medalha se anichasse entre os seus dedos trémulos. Confirmou o que pressentia: as inscrições nas duas faces tinham-se apagado. O médico e major Hadrian Schreiber perdia a prova do reconhecimento de décadas de trabalho.

— *Não fique triste, doutor* — consolou-o a profetisa. — *O senhor não precisa de condecorações. Todos sabem o que fez pela nossa gente.*

— *Não se estenda em elogios, Aluzi* — corrigiu Sisnando Baião. E lembrou: o alemão salvou muitas vidas. Mas fê-lo simplesmente porque tinha de o fazer. Os burros e os cavalos morreram assim que chegaram a África. Quem iria carregar as mercadorias? Tudo isso disse o padre enquanto fingia contemplar a chuva.

Incomodada, Aluzi levantou-se e, sem se despedir, afastou-se em direção a casa.

FALA DO PADRE SISNANDO BAIÃO

Deixe Aluzi ir embora, doutor. Ela vai zangada comigo. O senhor também acha que fui cruel consigo num momento em que tanto precisava de consolo? O único consolo vem da verdade. Veja, por exemplo, esta chuvada tão fora do tempo: sempre nos falaram de um inferno feito de chamas. Uma grande mentira. O Inferno vai acontecer na forma de um dilúvio. Olhe bem para esta pradaria, doutor, e verá o seu cavalo já lavado, sem mancha de sangue. Parece adormecido, temporariamente derrubado pela tristeza. Vê aquele fio de água escorrendo pelos grandes olhos do bicho? Tudo renasce, doutor, mesmo o que nunca viveu. Não olhe assim para mim, doutor. Faz-

-me lembrar o sargento que o senhor matou a tiro com a mesma frieza com que abateu o seu cavalo.

Escute um conselho, doutor. Amanhã, vamos começar uma viagem longa e penosa. Todas as noites o vejo, ajoelhado na sua tenda, a cumprir as suas orações. Faça como os negros: deixe Deus entrar nos seus sonhos. Não tenha medo, os sonhos são grandes e neles cabem todos os deuses. Ultimamente tenho sonhado muito com Deus. Ontem à noite, por exemplo, Ele surgiu-me armado. Apontou-me a arma e disse: a alma ou a vida! Sorri e respondi: terá de ser a vida, porque a alma há muito que a perdi. Despertei, aliviado. E pensei nas vantagens de ser um desalmado. Estou dispensado do derradeiro julgamento. Para os negros de Milepa não há Juízo Final. Não há fim nem princípio. A vida é uma corda sem pontas: água numa extremidade, areia na outra.

Aqui entre nós, neste último sonho, achei Deus pálido e abatido. Talvez Ele também esteja consumido pela ideia de que o mundo está a acabar. A verdade é que encontrei no Criador uma incrível semelhança comigo: os olhos cavados, a pele cinzenta, a boca e o queixo ocultos pelas longas barbas. Sem qualquer vaidade, Deus é mais parecido comigo do que que com o filho Dele, Nosso Senhor Jesus Cristo.

Amanhã vamos visitar os nossos mortos. Se alguém se puser a chorar mando-o embora. Nem Deus nem eu somos merceeiros para andarmos a pesar lágrimas e depois descontar nas culpas de cada um.

74.

> *Ficarei o inferno de ser Eu* [...]
> *Ficarei nem Deus, nem homem, nem mundo* [...]
> Fernando Pessoa

Com passo lesto, Aluzi Msafiri atravessou a praça em direção a casa. À porta encontrou o capitão Álvaro Centeno. *Estou à sua espera,* disse o militar. A profetisa estranhou: *Constança não lhe abriu a porta?* E o capitão limitou-se a encolher os ombros.

Aluzi e o visitante entraram e surpreenderam a portuguesa toda aperaltada, sentada a beber vinho na única cadeira da casa. E logo Constança se desculpou: — *Não abri logo a porta porque estava a mudar de roupa e dar um retoque no cabelo.* Não é todas as noites que se recebe tao nobre visita. — O capitão encostou-se, timidamente, à penumbra da última parede. Deixou passar um tempo e implorou com voz quase inaudível: — *Quero dormir convosco.*

— *Com as duas?* — E as mulheres tiverem dificuldade de conter o riso. — *Já aviso, capitão* — foi adiantando Aluzi. — *Se quiser deitar-se comigo vai ter de pedir na minha língua. E vai ter de pedir de joelhos, porque eu sou uma rainha. Esta minha amiga é uma rainha também.*

Sempre de copo na mão, a portuguesa gracejou: — *Escolha uma, podemos atirar uma moeda ao ar!* Aluzi desaconselhou: em Milepa, nenhuma moeda chega a cair no chão. Além disso, já ninguém distinguiria as duas faces das moedas. O português voltou à fala, num fio de voz: — *Posso dormir aqui mesmo, no meio do chão.* Sentiu recair sobre ele o olhar inquisitivo das mulheres: — *As senhoras desculpem, mas não me encontro nada bem. Há dias que não durmo, sofro de terríveis alucinações e... A senhora que é uma feiticeira...*

— *Sou uma rainha.*

— *Uma rainha, pronto, uma rainha... diga-me quando é que posso voltar a escrever?* Aluzi foi direta à cama, sacudiu os lençóis, ajeitou uma almofada e perguntou: — *Se eu fosse má responderia assim: o capitão vai voltar à escrita quando todos, neste mundo, souberem escrever. Mas eu sou uma rainha boa...* — E sorriu, batendo com a mão no colchão: — *Venha, capitão. Deite-se.*

O homem não obedeceu. Ficou sentado no fundo da cama enquanto as duas mulheres se estendiam, uma de cada lado. Com a almofada entre os braços, o português fixou os olhos no teto com medo que ele desabasse: — *O mundo está a acabar* — murmurou. Aluzi soergueu-se e reclamou: — *Não se queixe, capitão. Quem inventou essa história do fim do mundo foram vocês, os europeus.*

Vencido pelo cansaço, o capitão derramou-se no leito, enroscado para o lado de Constança. Fixou nela os olhos assustados e, a certa altura, sussurrou: — *Já lhe tinha dito que conheci o seu genro, o Bruno? E é muito estranho: os olhos dele eram iguais aos seus.*

Do outro lado do leito, a profetisa reforçou as palavras do capitão: — *É o que venho a dizer à minha amiga Constança. Ela não veio apenas por sua vontade. Alguém a enviou. Ninguém faz toda esta viagem por causa de um genro. Tem de ser algo mais forte. E muito mais antigo. Mais antigo do que o sangue...*

FALA DE ALUZI MSAFIRI

Constança estava longe da sua terra e a sua viagem parecia não ter uma razão clara. Também eu viajei por terras longínquas e nem sempre soube o motivo das minhas andanças. Um dia, encontrei Alile vagueando pelo cais de Angoche. Admirei-me de a ver, tão mulher e tão sozinha no meio da cidade. Ela trazia uma pequena trouxa, e disse-me assim: *já entreguei os meus filhos Na-*

*taniel e Matias. Agora, é a minha vez de viajar.* Perguntei-lhe: *vai para onde, Alile?* Encolheu os ombros. *Não tenho onde*, disse. *Vou para o mar e depois vou para onde as ondas me levarem.* E o seu braço dançou como se fosse feito de água. *Há de haver quem me queira comprar*, disse ela. Ainda a tentei dissuadir. *Não vá, Alile. Fora da nossa terra não há chão onde morrer.* E Alile disse: *e aqui na minha terra não tenho onde viver.*

75.

*Kulilila ula, ulilile matope.*
[Choraste pela chuva, agora chora pela lama.]
Provérbio yao

Era noite quando o padre e o médico terminaram de enterrar o cavalo e já nenhum deles distinguia o dentro e o fora da cova. Exaustos, arrastaram-se até à entrada da tenda. Foi o médico que quebrou o silêncio. *O que é triste*, disse ele, *é saber que o destino do seu cavalo vai ser o mesmo das vossas tropas que vierem de Portugal. Vão morrer devoradas por germes e por mosquitos.* De novo, o silêncio se instalou. Foi Schreiber que retomou a conversa:

— *Sisnando é o seu nome verdadeiro?*
— *Que raio de pergunta é essa?*
— *Acho estranho que tenha o nome do dono do Prazo de Cheringoma. Deixe-me terminar, Sisnando. Não vale a pena fingirmos mais. Sei tudo. Sei que você é neto dessa meia dúzia de colonos que Portugal despejou nas praias de Pemba.*
— *Trabalham bem os seus serviços secretos!*
— *Os meus serviços secretos são os mais públicos possíveis: são os indígenas que me contam histórias.*

— E que mais sabe de mim?
— Vou resumir no nome de uma única pessoa: Elias Sarmento. Ouviu falar? lhe diz esse nome?
— Esse segredo é muito pouco para o senhor usar como chantagem — declarou Sisnando Baião. — Já os seus pecados são uma guilhotina suspensa sobre o seu pescoço. Por isso, meu caro doutor, é melhor ficarmos por aqui, é matéria de ameaça.
O médico foi buscar uma garrafa de aguardente. Sisnando negou educadamente. — Só uma gota — insistiu o médico. O sacerdote manteve-se firme: — não é uma boa altura. As mulheres falam muito. Mas somos nós, os homens, que não conseguimos guardar um segredo.
O padre deitou mão à garrafa e serviu-se pelo gargalo. Estalou a língua no céu da boca e perguntou: — Qual será o segredo desta bebida?
— Peça a receita a Aluzi, foi ela quem preparou esta nyipa. Desconfio seja o mesmo segredo de todas as guerras.
— E que segredo é esse?
— A pólvora.
O padre ergueu-se, esticou o corpo como fazem os cães. Já se preparava para se retirar quando o médico o interpelou: — Falando em segredos... amanhã o que vamos revelar ao capitão?
— Amanhã vamos dizer a verdade, doutor.
— Qual verdade, padre?
— Diremos aos portugueses que o ataque foi feito por autóctones revoltosos.
— Autóctones? E que nome lhes daremos?
— Faremos o oposto do que o faço com as doenças. Não lhes daremos nome nenhum. Nem Bokeristas, nem Filhos de Bokero, nem coisa nenhuma. Foram indígenas. Simplesmente assim, indígenas.
— O que ganhamos com tão anónima versão?
— Ganham todos, doutor Schreiber. O senhor ganha porque fica fora de qualquer suspeita. Eu ganho por ter

*evitado a guerra e salvado a minha gente. E ganha o governo português que continua fora do conflito.*

O padre ajustou o capote sobre os ombros, virou as costas e começou a caminhar.

— *O que me diz, doutor?*
— *Digo-lhe que está escuro e sinto um frio de morrer.*

76.

> *Eis a triste ironia da guerra:*
> *a dimensão da vitória está no tamanho das ruínas.*
> Excerto da Bíblia de Sisnando Baião

Na praça de Milepa faziam-se os últimos preparativos da viagem para o posto de Madziwa. Álvaro Centeno não parava de um lado a outro: conferindo armas e munições, aferindo o estado das carroças, dando instruções aos soldados que o acompanhavam. Às tantas, o capitão dirigiu-se com solenidade ao carroceiro Chifuniro: — *Ficas oficialmente nomeado como responsável da logística desta expedição!* Aterrorizado, o carroceiro benzeu-se e, ao mesmo tempo, fez continência militar.

FALA DO CARROCEIRO CHIFUNIRO

Não entendi nada do que falou o capitão. Sei que me tratou como um subordinado e disso eu até gostei. Foi assim que aprendi a ser quem sou: tendo um chefe que fala comigo aos gritos...

Ainda esperei que o capitão tivesse mais ordens para me dar. Mas nada. Foi assim, silêncio e distância durante toda a viagem, silêncio e distância depois da chegada. Nenhuma pergunta para me fazer, nenhuma ordem para me dar, nenhum insulto para me maltratar. Têm pouca conversa, os brancos. Até entre eles, falam pouco. E mesmo falando pouco, interrompem-se muito. Fui eu que voltei a falar, sabendo que ninguém me estava a escutar: — *Esta vai ser a minha última viagem...*

Depois, com os olhos postos no céu, pensei em Tadala e ainda rezei um bocadinho de nada para não incomodar o Criador: — *Peço a Deus que mande um anjo para me proteger. Não precisa de ser branco. Um da minha raça basta.*

## Capítulo treze

## O FIM DOS CAMINHOS

*Se Deus realmente existir, deve estar a trabalhar de acordo com um plano. Portanto, se devo servir a Deus, preciso descobrir esse plano e fazer o melhor possível para ajudá-lo na sua execução. Como descobrir o plano? Primeiramente, procurar a raça que Deus escolheu para ser o instrumento divino da futura evolução. Inquestionavelmente, é a raça branca... Devotarei o restante de minha vida ao serviço de Deus e a ajudá-lo a tornar o mundo num território inglês.*

Cecil Rhodes

## 77.

*À tua frente está o céu que já pisaste.*
Provérbio de Milepa

Viajaram todos para o antigo posto de Madziwa. Cada um com a sua finalidade. O capitão para averiguar as causas da trágica ocorrência. O padre para abençoar as campas. Constança para dizer o último adeus ao genro. O carroceiro Chifuniro para despedir-se do filho Tadala. Matias e Nataniel como testemunhas e eventuais acusados. E o alemão viajou simplesmente porque tinha de viajar. Regressava à Africa Oriental Alemã e o posto de Madziwa ficava a meio do caminho.

O padre encabeçou o grupo como se lhe coubesse liderar a expedição. De passo trôpego, Matias fechava a comitiva. Ao final do primeiro dia, todos entenderam que ele estava perdido. Mais grave ainda: a suspeita era que ele se queria perder. Num certo momento, o capitão apressou o passo para caminhar ao lado do sacerdote. — *Então, padre Sisnando. Está desorientado?*

— *Não me perdi. Deixou é de haver caminhos.* — Ganhando fôlego, acrescentou: — *Choveu muito, capitão. Vai ser impossível reconhecer as ruínas do posto. Neste momento, aquilo já está engolido pelo capim e pelas trepadeiras. Os da minha paróquia avisaram-me que o melhor era chegarmos pelo anoitecer porque há por lá um tipo de cobra...*

— *Por amor de Deus, padre...*

— *... uma cobra que, quando se enrosca para dormir, se enrolam nela as raízes todas da floresta. As árvores ficam mais pequenas, repuxadas pelas entranhas da terra. Quanto mais escuro fica, mais fácil é caminhar na selva.*

O militar português ergueu os braços ao céu, em total desespero. — *Cale-se imediatamente! Quem vai condu-*

*zir este grupo é o... como é que tu te chamas?* E apontou para Nataniel.

Horas mais tarde, o sipaio apontou para uma clareira. No centro daquele descampado podia-se ver uma cruz de madeira. — *Foi aqui* — disse o sipaio. — *Foi aqui que enterrámos o sargento.*

78.

*Akazi ndife mthunzi wa moto.*
[Nós as mulheres somos a sombra do fogo.]
Provérbio de Milepa

Deviam ser umas cinco da tarde. Ninguém sentiu vontade de falar. Estava ali o morto. O nome na tabuleta tornara-se ilegível. Mais ilegíveis só os olhos de Constança. Aluzi conduziu-a para uma sombra e disse-lhe apenas — *Força, minha irmã.*

O capitão mandou que o padre entrasse em funções. — *Reze uma oração, padre. Depois, seguiremos para o posto.*

Sisnando subiu para um morro de muchém, mas não chegou a dizer palavra porque Chifuniro Winifome desatou aos berros: — *Onde está o meu filho? Onde está Tadala? Por que é que não o enterraram aqui, ao lado do branco?*

— *Pergunta ao Nataniel* — recomendou o padre. — *Ele é que foi o coveiro.*

Para surpresa de todos, o carroceiro sacou de uma catana e, com a arma em riste, lançou-se sobre Sisnando Baião. Abraçou-o pelo pescoço e escudou-se por detrás dele. Esgrimindo a arma, insultou na sua língua materna o céu e a terra. Meio esganado, o padre apontou para um capinzal e balbuciou: — *As campas estão ali!* O carroceiro

arrastou com ele o sacerdote e foi esgravatando por entre o capim num lugar em que a terra havia sido remexida. — *Encontrem o meu filho* — ordenou Chifuniro.
— *Estão aqui dez campas, como sabemos qual delas é?* — interrogou o padre de ombros encolhidos.
— *O problema é vosso, escavem uma por uma.*
Nataniel tombou de joelhos e desatou a andar de gatas sobre as campas. De súbito, parou sobre uma delas para anunciar: — *É esta!* Aturdido, o carroceiro indagou: — *Como sabes que é esta?* Sem esperar pela resposta, atirou-se ao sipaio: — *Foste tu que o mataste!*
Foi então que Matias pareceu despertar do seu entorpecimento. Olhou em volta como se reconhecesse o lugar. E enfrentou o carroceiro. O alemão juntou-se ao ex-askari para dissuadir os violentos intentos de Chifuniro. De catana erguida, o carroceiro obrigou-os a recuar: — *Vocês, todos: desenterrem o meu filho. Vou levar o meu filho para casa!*
— *O teu filho já está em casa, meu irmão* — declarou o padre tentando apaziguar os ânimos.
— *Não me chame de irmão. Comecem a cavar.*
Encontraram o corpo estirado e duro. O carroceiro Chifuniro espreitou a cova e quase enlouqueceu. Aos brados, protestou, em cinyanja: — *Olha como o deitaram, o corpo todo esticado, isto vai trazer uma grande desgraça!* — No mesmo estado de exaltação, deu ordens em português: — *Removam o corpo e procedam como mandam os nossos costumes.*
— *Por amor de Deus* — reclamou o padre. — *Deixemos o defunto em paz.*
— *O que é que o senhor sabe sobre a paz, padre?* — questionou Chifuniro. — *Se o deixarmos assim, com os braços e as pernas todas esticadas, nem ele, nem nós ficaremos em paz.*

### FALA DO CARROCEIRO CHIFUNIRO

Deus me abençoe, mas naquele momento tornei-me um bicho. Eu não falava, eu rosnava, rugia. Ninguém me entendia, mas todos cumpriam as minhas ordens: *aqueçam água, banhem o meu filho com essa água e depois dobrem-lhe o corpo. Partam-lhe os ossos, se for preciso, mas ele tem de ser deitado na mesma posição em que viveu antes de nascer.*

De repente, parei de esbracejar, deitei-me todo espalhado no chão, e me perguntei: por que razão eu estava tão enlouquecido? Não era o destino de Tadala que eu queria mudar. Era o meu passado. Sempre tive dúvidas de que Tadala fosse meu filho. Não era uma simples desconfiança. A nossa aldeia sofria de longas ausências: os homens viajavam por muitos meses. Regressávamos a Milepa e encontrávamos uma jura de silêncios: as mulheres que nos esperavam e os homens que não chegaram a sair. Nunca ninguém denunciou ninguém. Quando vi essa criança tão parecida com ninguém, a suspeita ficou cravada em mim. Essa dúvida nunca me deixou ser um pai por inteiro. E essa era a triste verdade: não era a morte de Tadala que eu queria corrigir. Era a minha vida. Eu queria apenas que o meu filho pudesse voltar a nascer. E levá-lo nos meus braços para a nossa casa, lá em Milepa.

Corrigida a sepultura de Tadala, o carroceiro sentou-se, quieto e calado. Os dedos eram âncoras despenteando a areia. O silêncio foi quebrado por Nataniel quando se ergueu e proclamou: — *Acabou, vou contar tudo.*

— *Não há nada para contar!* — cortou o padre.

— *Deixe o rapaz falar* — ordenou o capitão.

— *Vou contar o que se passou, mas com uma condição* — declarou Nataniel virando-se para Álvaro Centeno. — *E a condição é esta: o capitão leva-me consigo para a Europa.*

O sipaio inspirou fundo. Mas não teve oportunidade de dizer fosse o que fosse. Escutaram-se gritos vindos do rio. Viram uma silhueta branca a emergir das águas. Chifuniro ciciou, aterrado — *É um* citanitani ya lusulu. E Nataniel corrigiu — *Quem é que ainda acredita em fantasmas que vagueiam pelos rios?*
Todos os olhos se fixaram na inesperada aparição. Era um homem magro que trajava uma túnica branca, de mangas tão compridas que apenas as pontas dos dedos despontavam dos panos. O padre acorreu a abraçar o muçulmano, que se deixou ficar hirto, os olhos postos na outra margem. Sisnando saudou-o, *Salaam Aleikum*. Mantendo os braços erguidos, perguntou ao forasteiro — *Habari yako rafiki yangu?*
— *Em português, padre* — corrigiu apressadamente o capitão.
— *É Samir, um colega meu* — anunciou o padre.
— *Um colega?* — estranhou o capitão.
— *Sou padre, ele é um* mwalimo. *E vice-versa.*
Apaziguador, o padre esclareceu: desde há anos que todos os dias, à hora certa, ele se apresentava na mesquita de Milepa. Descalçava-se à porta, estendia um tapete que trazia de casa e ajoelhava-se para orar no meio dos muçulmanos. No início, eles estranharam. Mas depois passaram a guardar-lhe um lugar na mesquita. Um dia um *muwalimo* entregou-lhe um exemplar do Alcorão. Queria que Sisnando Baião o traduzisse para o português. O sacerdote ergueu a mão, em suave recusa:
— *É melhor não. Acredite, meu irmão, quando se trata de recados divinos não sou de grande confiança...*

79.

> *Os homens são o passado dos deuses.*
> *E os deuses são o futuro dos homens.*
>
> Marc Augé

Terminadas as saudações o intruso sentou-se e todos puderam ver o seu estado deplorável. Tinha os pés em sangue, a voz afogada na garganta.
— *É o fim do mundo* — disse assim que recuperou o fôlego.
E desabou num pranto de criança. Ninguém lhe ofereceu um abraço, nem uma palavra de consolo. Esperaram que o recém-chegado se recompusesse. E como isso demorasse, o capitão sacudiu-o com violência: — *O fim do mundo? Que conversa é essa...?* — Cauteloso, o médico aconselhou: — *É melhor não lhe tocar, Centeno. Convém mesmo que todos nós, por precaução, nos afastemos dele.*
— *Quem és tu, sacana de monhé?* — perguntou o capitão.
O visitante titubeou. — *Eu sou..., eu sou...* Mas foi rapidamente interrompido pelo sacerdote. — *Digamos que aqui o meu amigo Samir é... é um mensageiro. Sim, é assim que o iremos chamar. De mensageiro.*
— *Mensageiro? Mensageiro de quem?* — perguntou o capitão.
— *Fui eu que o mandei chamar* — admitiu o padre. — *Antes de vocês saírem da Ilha, já me tinham chegado rumores sobre uma epidemia, uma epidemia que se espalhou por todo o país. Foi por isso que mandei vir o Samir, para nos trazer notícias desse flagelo.*
— *Infelizmente, confirma-se* — disse o mensageiro. — *Essa epidemia já se alastrou.* — E olhou em volta desconfiado. — *É melhor que eles se afastem* — disse, apontando para os negros.
— *Nós não saímos daqui* — declarou Matias.

— *De uma vez por todas desembuche* — ordenou o capitão.
— *A escrita... A escrita acabou.*
E instalou-se o caos entre os presentes. Os europeus protestavam, esbracejavam, duvidando da identidade e credibilidade do mensageiro. O homem permaneceu sentado, de cabeça baixa, as mãos postas sobre as orelhas. O capitão era o mais agitado, gritando sem parar — *Acabou-se, acabou-se esta palhaçada, vai tudo preso para a ilha!*
E de repente, o silêncio. E assim ficaram todos, como que tomados por um torpor colectivo. Com as palmas das mãos erguidas, o padre pediu — *Por amor de Deus, deixem o homem dar-nos as notícias que ele traz.* Nos longos e dolorosos minutos que se seguiram, o mensageiro falou dos infindáveis casos em que documentos, relatórios e simples bilhetes amorosos misteriosamente se apagavam. Já não havia qualquer dúvida: no mundo inteiro, a tinta tinha-se deslavado e o papel tinha-se convertido numa imensa sopa de celulose.
— *Não podem imaginar a confusão que vai pelo palácio do governo.* — O mensageiro suspirou e levou as mãos ao peito. — *Não queria abusar, mas ficaria muito grato se me servissem uma bebida. Uma bem forte, a mais forte que tiverem.*
Aluzi tirou uma garrafa de aguardente do fundo da sacola. — *Está tudo maluco?* — Indignou-se o capitão. — *Esqueceram-se de que este tipo é muçulmano?* Com as mãos sofregamente estendidas para a garrafa, o mensageiro implorou: — *Quero pedir, preciso de beber, meu capitão.* — Deu uns golos diretamente da garrafa e sacudiu a cabeça: — *Não imaginam a confusão que vai pela Ilha de Moçambique.*

## 80.

> *Esta é a ilusão dos militares:*
> *só se destrói para sempre, aquilo que nunca existiu.*
> Excerto da Bíblia de Sisnando Baião

Uma reunião de emergência foi convocada pelo governador. Com o pesaroso timbre de quem anuncia a sua própria morte, o governador Machado fez a seguinte comunicação às chefias civis e militares que enchiam o salão nobre do palácio do Governo:
— *Meus caros amigos, a escrita deixou de existir. Não há papel, não há moedas, não há notas. Tudo lixo, puro desperdício. É tanto lixo que não há onde o guardar. Vai ser preciso abrir um buraco maior que a Terra.*

FALA DO GOVERNADOR RODRIGUES MACHADO

A primeira precaução é que ninguém abandone os seus postos. Mantenham todas as rotinas. Ocupem os vossos escritórios, sentem-se nas vossas cadeiras, façam de conta que escrevem, que registem os números, que preencham as tabelas. Façam de conta que enviam correio, que recebem e respondem às mensagens telegráficas. Ninguém pode suspeitar de nada. Com os cafres será fácil: nenhum deles sabe ler, nenhum deles ousa entrar na intimidade dos nossos escritórios. Tenho receio, sim, dos mestiços e dos goeses. Nunca se sabe de que lado estão. Dispensem essa gente do trabalho por estes dias.
Uma coisa é certa, com o estoicismo do sangue lusitano, não nos deixaremos abater. Juntos, vamos encenar a mais absoluta normalidade. Sob os céus de Portugal reinará a ordem divina e

a vontade do nosso Rei... aliás, desculpem, a vontade do Presidente da República.

Rodrigues Machado passou os olhos pelos aterrorizados presentes. Todos sabiam do que se estava a passar. Mas ninguém ousava tocar no assunto. Agora, era oficial. O governador não queria apenas partilhar aquele imenso desassossego. Havia medidas práticas que o dirigente queria anunciar: no prazo máximo de uma semana partiria da Ilha de Moçambique uma expedição com destino a Lisboa.

— *Vamos saber se a epidemia chegou a Portugal.*

— *Peço desculpa, caro governador, mas que barco será esse, se há mais de três meses que não chega aqui nenhum navio?* — foi o que perguntou o bispo.

— *Vamos reabilitar o velho Adamastor* — argumentou o governador.

— *Não lhe chame esse nome. Adamastor é o nome de um nosso cruzador. Este nosso barquito encalhou aqui há anos e está mais avariado do que os meus joelhos* — comentou Dom Garcia.

O governador Machado suspirou longamente. — *Às vezes me pergunto: como é que alguém, tão descrente de tudo, pode ter fé em Deus?* — Ergueu o rosto em pose messiânica. O parecer dos marinheiros não deixava margem para dúvidas. A embarcação tinha sido reabilitada e estava pronta a fazer-se ao mar alto. E mais ainda, proferiu o governador em apoteótico desfecho: reinava o maior entusiasmo entre a tripulação, toda ela composta por fervorosos voluntários.

Entre os presentes, houve alguém que bateu palmas. Apressadamente, Rodrigues Machado deu por finda a reunião. Pediu ao bispo que o deixassem sossegado, as portadas das janelas encerradas, pois necessitava do mais absoluto sossego.

Não durou muito aquele retiro. Minutos depois, entrou no gabinete do governador o afogueado comandante

do navio e espalhou o conteúdo da sua bolsa sobre a mesa: cartas marítimas, tabelas de marés, boletins meteorológicos, a bússola, o sextante. E não foram precisas palavras. O simples modo como despejou as ferramentas já era revelador: não havia ali nada que funcionasse.
— *Ninguém pode viajar assim, Excelência!*
O governador ordenou que o deixassem sozinho. Recolheu aos seus aposentos, derramou-se sobre o leito, a almofada cobrindo-lhe o rosto.

## 81.

*Os europeus precisam da realidade*
*para acreditar nos sonhos*
*Os africanos precisam dos sonhos*
*para acreditar na realidade.*
Excerto da Bíblia de Sisnando Baião

Fez-lhe bem o desespero. Pouco tempo depois da visita do comandante, Rodrigues Machado lançou a almofada contra a parede e ergueu-se como que empurrado por uma nova alma. Ainda não tinha nascido o dia e já um grupo de fiéis colaboradores se juntava não no seu gabinete, mas na intimidade do seu quarto. A que se propunha tal encontro? Preparava-se uma expedição marítima para Lisboa. O navio partiria no dia seguinte. *Mas vai partir como?* — perguntou o bispo. O governador apontou para a sua própria cabeça. As cartas marítimas podiam estar apagadas, as bússolas e os sextantes inutilizados. Mas ele, Rodrigues Machado, já tinha concebido um plano alternativo: o navio seria conduzido por um piloto árabe.
— *Um árabe a conduzir uma embarcação lusitana?* — perguntou bispo, estupefato. Machado respondeu com outra pergunta — *Acha que vai ser a primeira vez?*

Reações ainda mais amargas surgiram ao se anunciar que, a partir do Cabo da Boa Esperança, o leme seria entregue a pilotos africanos. O bispo, a medo, perguntou: — *Africanos, governador? O senhor quer dizer pretos?* O governador retorquiu com convicção: sim, pretos. Pretos mais que retintos. Foram escolhidos a dedo. Eram cafres de Cabinda, conheciam os mares atlânticos, partilhavam os idiomas dos gentios costeiros e dominavam o idioma dos pássaros marinhos. E o governador passou os olhos pelos presentes. — *Fiquem tranquilos, confrades. O comandante da embarcação será sempre um português. Porque são e serão sempre portugueses os mares que desbravámos.* A garantia de propriedade não venceu o desânimo geral que persistiu na sala. Foi então que o governador bateu com o punho na mesa. — *Acham que enlouqueci, que é tudo ficção? Há mais ficção em acreditar que governamos este território, do que nesta viagem que com tanto zelo eu preparei.*

82.

*Eis as cinzas do relógio, as migalhas da bandeira.*
Conceição Lima

Não foi preciso que o barco chegasse à Europa. Assim que desembarcou na Cidade do Cabo, a delegação portuguesa constatou que a União Sul-Africana vivia o mesmo pânico. O piloto português tinha a recomendação para se apresentar ao primeiro-ministro desse território, que era uma dependência do Império Britânico. O piloto entrou no edifício do governo e foi avançando pelos corredores vazios, pejados de papéis caoticamente espalhados pelo chão. Acabou por desembocar naquilo que presumiu ser

a sala de espera do gabinete do primeiro-ministro. No recinto anexo conversavam Louis Botha e o seu ministro da Defesa, Jan Smuts. E o piloto escutou parte dessa esclarecedora troca de palavras.
— *Novidades?* — perguntou o primeiro-ministro.
— *Confirma-se, é o apocalipse.*
— *Em todo o mundo?*
— *Em todo o nosso império.*
— *Vai dar ao mesmo.*
— *Quanto tempo vamos continuar a fingir?*
— *O tempo que for necessário* — sentenciou Botha.

Assim se confirmava: a agrafia convertera-se numa epidemia planetária. E ninguém, nem sequer os mais poderosos impérios, tinha escapado àquela maldição. Calendários, tratados teológicos, inventários científicos, registos hidrológicos e geológicos, relatos de exploradores, mapas-mundo, correspondência entre reis e senhores, tudo o que era material impresso se extinguira numa misteriosa bruma. Sem relatórios dos comandos estratégicos e da contrainteligência, sem documentação logística, sem mapas, sem coordenadas geográficas, sem telégrafo, sem cadeias de comando, a guerra tinha sido suspensa.

Com aquelas notícias, o *Adamastor* voltou à Ilha. O comandante do navio foi o primeiro a desembarcar. Vinha acabrunhado e levou um tempo a recompor-se na sala onde o esperava Rodrigues Machado.

— *Relatório! Quero notícias* — reclamou, ansioso, o governador.
— *Desculpe, Excelência, não estou em condições de falar* — balbuciou o comandante do navio. — *Seria melhor receber os outros comandantes.*
— *Os outros comandantes?*
— *Afirmativo, governador. Eles vão-lhe explicar melhor. É que eu estou sem palavras.*

## 83.

*Kupasyowela, ce Tombolombo wapile mcila.*
[Quando tudo lhe parecia familiar, a libélula pegou fogo.]
Provérbio yao

O bispo Dom Garcia tremia dos pés à cabeça e o suor escorria-lhe pelas axilas. O governador, incomodado, não se conteve: — *Meu caro bispo, não fique aí especado, faça soar os sinos, junte o povo com a máxima urgência e, lá no altar, abra o livro sagrado e finja que está a ler a Bíblia...*
— *Sei de cor longos trechos, não preciso fingir* — interrompeu o bispo.
— *Não está a entender, meu caro bispo. O senhor deve ler em voz alta, deve ler com pausa e circunstância, deve mostrar que está a seguir as escrituras linha por linha. Depois da missa, veja se a praga também atingiu os muçulmanos. Já mandei alguém às mesquitas e eles mantêm a leitura do Corão. É preciso confirmar. Se calhar também estão a representar a mesma farsa.*
— *Ouvi dizer que sim.*
— *Que sim, o quê?*
— *Que a algaraviada dos árabes também foi apagada.* — O bispo fez menção de se retirar. Antes, porém, perguntou: — *E os pretos?*
— *Esses, meu caro bispo, esses estão fora do baralho.*
— *Olhe que há uns que escrevem. Por exemplo, esse sipaio Nataniel. Era ele que redigia os relatórios. E que bela caligrafia a dele! Parece que um irmão dele também rabisca umas linhas. E há ainda a feiticeira Aluzi, essa que recebemos aqui no palácio e que vive amantizada com Sisnando Baião...*
— *Vamos chamá-los a todos e fazemos-lhes um teste. Vamos ver se escaparam à maldição. Tinha sua graça, serem os pretos os únicos a escrever. Já viu, Dom Garcia, o*

senhor bispo sentadinho a receber aulas de caligrafia de um cafre?
— Não é o momento para gracejarmos, Excelência.
— Tem razão. Vou mandar buscar esse rapaz. E os outros também. Amanhã mesmo sai uma expedição para Madziwa...
— Acabámos de enviar uma expedição — lembrou o bispo.
— E onde é que ela está? Alguém me pode dizer onde está essa malfadada expedição? O senhor bispo tem ideia de quando ela regressa? — Seguiu-se um embaraçoso silêncio. O governador olhou em volta como se espreitasse para além das paredes. — Não quero envolver mais ninguém do palácio. Já não confio em ninguém. Chame o comandante.
— Que comandante?
— O do Adamastor.
— Desculpe, Excelência, não me quero intrometer. Mas vai mandar um capitão da marinha para conduzir uma canoa movida a remos pelo rio acima?
— Eu quero apenas alguém em quem possa confiar — murmurou em desespero o governador Machado. — Sabe o que me passou pela cabeça? Ainda faço como o meu pai, dou um tiro nos cornos e acaba-se o mundo antes do mundo acabar.
— Cruz credo! — reagiu o bispo.
— É o que lhe digo, Dom Garcia. Se a escrita não regressar é o que vou fazer. — E o que disse Machado a seguir foi num fio de voz — Dou tempo apenas para lhe ditar o meu testamento. Vou repeti-lo as vezes que forem necessárias até que o bispo o aprenda de cor e salteado.

Acabada a lamúria, o governador tinha os ombros murchos e os olhos marejados. O bispo sentiu uma irresistível vontade de o abraçar. Conteve-se. A garganta tropeçou-lhe no peito numa espécie de soluço. — Vai passar, Excelência, tudo isto vai passar. O governador desabotoou os botões cimeiros da camisa como se lhe faltasse a respira-

ção. — *Quer-me ajudar, senhor bispo? Traga-me um papel escrito, um papel qualquer nem que seja uma folha rasgada, uma simples letra, a metade de um número, qualquer coisa escrita. O que sinto agora, Dom Garcia, é uma saudade que dói mais do que a cegueira.*
— *Vou-lhe buscar um cálice dessa boa aguardente.* — O bispo retirou do armário a última garrafa de aguardente. Foi então que o governador reparou no rótulo artesanal desenhado pela caligrafia de Aluzi Msafiri. E ali restavam, intactas, as últimas palavras deste mundo: "Mthunzi wa moto".

Extasiados, os dois europeus choraram, dançando com a garrafa nas mãos. A nenhum deles ocorreu perguntar pelo significado daquele rótulo.

Capítulo catorze

A CALIGRAFIA DOS DEUSES

*Em 1905, uma seca ameaçou a região da Tanzânia. Essa calamidade combinada com a oposição do povo às políticas agrícolas e trabalhistas do governo colonial, levou a população a revoltar-se. Um médium espiritual chamado Kinjikitle Ngwale proclamou ter sido possuído por um espírito de uma cobra chamada Hongo. Ngwale começou a chamar-se de Bokero e afirmou que os espíritos conclamavam a população a matar os alemães. Ngwale distribuiu pelos seus comandados remédios que, segundo ele, transformariam as balas dos soldados alemães em água. Estes "remédios de guerra" era apenas água comum (maji na língua kiswahili) misturada com óleo de rícino e sementes de sorgo. Revigorados por estes "remédios", os seguidores de Bokero começaram a rebelião e atacaram posições alemãs por toda a Tanzânia.*

Wikipedia

*Os finlandeses e os bascos... são uma espécie de pretos europeus destinados a desaparecer. Os pretos são pretos seja de que cor forem, mas o seu arquétipo encontra-se em África. Oh, África! Deus devia estar maldisposto quando criou aquele continente. De outra forma, por que enchê-lo com gente que está condenada a ser substituída por outras raças vindas de fora? Não teria sido melhor fazer os pretos brancos, de forma que, com o tempo, pudessem tornar-se ingleses, em vez de nos dar o trabalho de os exterminar?*

Cunningham Graham

## 84.

*A primeira invenção humana: a vingança.*
René Girard

Armaram as tendas em redor do que restava do posto de Madziwa. As duas mulheres, Aluzi e Constança, partilharam o mesmo abrigo. Cada um dos dois oficiais ficou com a sua tenda. Chifuniro e os dois jovens acomodaram-se numa barraca de pau a pique. O padre dormiu ao relento. Durante a tarde foram passando pelo acampamento, os camponeses que teimaram em permanecer na região. Desfilavam a uma certa distância e afastavam-se com a delicadeza de uma sombra. Até que surgiram os homens baixos, os chamados citowes, os mesmos que se haviam cruzado com Nataniel logo após o assalto. Dirigiram-se ao antigo sipaio e desataram aos gritos:
— Foi ele. *Foi este sipaio que matou o sargento, foi ele que matou os colegas! Deixem esse rapaz connosco, somos pequenos, mas os nossos castigos são gigantes.*
Inesperadamente, Hadrian Schreiber ergueu-se, os braços agitando-se num frenesim, e vociferou — *Mentira! Não culpem esse rapaz. Fui eu, fui só eu...* — batendo com a mão no peito avançou sobre os visitantes que se foram retirando amedrontados. — *Nem eles, nem ninguém vai deitar culpas em Nataniel! Ouviu capitão?*
Álvaro Centeno aproximou-se do médico com o intuito de o sossegar. — *Então o que combinámos, doutor? Quem são os culpados? São os...* — Colocou a mão sobre o ombro do médico e falou-lhe como se faz com as crianças. — *São os... vá lá, são os indígenas.*
Constança também se dirigiu ao alemão. O tom de voz, contudo, era áspero quando lhe perguntou — *Diga-me a verdade, doutor Schreiber: foi o senhor que matou Bruno?*
— *Não imagina como me custou* — admitiu o alemão,

depois de um tempo. — *Mas não podia ser de outra maneira. Essa é a ordem natural do mundo: brancos matam brancos. Pretos matam pretos.*

Com a mesma frieza, Constança de Meireles declarou: — *Então, doutor Schreiber, por causa dessa ordem natural do mundo, vou ter de ser eu a vingar o meu Bruno.* Arrancou a pistola do coldre do capitão e apontou-a contra o peito do alemão. Foi Aluzi quem evitou o drama. Puxou a portuguesa pelo braço e disse: — *Venha, minha irmã. Venha comigo.* — Constança deixou tombar a pistola sobre a areia. Agachou-se para a apanhar, soprou no cano para soltar a areia, limpou a coronha à blusa para, com a máxima delicadeza, voltar a colocar a arma no coldre do capitão.

85.

*Corta a língua do demónio.*
*Ele falará pelo teu silêncio.*
Provérbio de Milepa

Aluzi conduziu Constança como se ela tivesse perdido o tino. No caminho ainda a repreendeu — *não há cá vinganças. Se fizermos alguma coisa será à nossa maneira.* Chegadas à tenda, a profetisa foi retirando as coisas que trazia na sacola. Havia de tudo, incluindo um pequeno almofariz, a panela e um prato de alumínio. Carrego tudo isto para onde vou, explicou Aluzi. Onde se faz o alimento é onde se fabricam os venenos. E ela exibiu uma caixa de madeira. — *Sabe o que guardo aqui? Pólvora. É para a aguardente que deve estar a acabar.* — Retirou uma garrafa e sacolejou-a para confirmar que estava quase vazia. Depois estendeu o braço até quase tocar no rosto da portuguesa: — *Consegue ler o rótulo? Não? "Mthunzi ya moto". As sombras do fogo. É o que nós somos, nós, as mulheres.*

E como Constança não reagisse, a vidente voltou a remexer na sacola para dali retirar um caderno todo amarrotado. — *É o diário de Bruno. Fique com ele, agora é seu.* O caderno manteve-se fechado sobre os joelhos: de que valia folhear um diário vazio? Foi Aluzi que a encorajou — *Vá, abra numa página qualquer, ao acaso. Não vê as letras?* E a outra, mentindo, acenou que sim. — *Agora feche os olhos* — sugeriu Aluzi. — *Com a ponta dos dedos sinta o relevo das letras. Diga-me, Constança: essa caligrafia não é igual à sua?*

Não houve resposta. A ausência da portuguesa era igual à do jovem sargento Bruno Estrela quando abria demasiado os olhos como se, assim, de olhos escancarados, fosse um modo de deixar de ver o mundo. Naquele momento, Aluzi Msafiri inclinou-se sobre a outra mulher e sussurrou: — *Vou-lhe dizer o que vai acontecer, é um segredo entre nós.*

De olhos fechados, Constança Meireles, escutou as longas palavras e, à medida que escutava, um sorriso despontou no seu rosto. No final, ergueu-se e abraçou a profetisa e assim, de braços dados, deambularam pelo quarto. Depois sentaram-se à entrada da tenda e Aluzi pediu a Constança que se deitasse no seu colo. E disse: vou trançar-lhe os cabelos. Constança pousou a cabeça na coxa da vidente e ali ficaram em silêncio, os dedos entretecendo a noite até que Aluzi disse: — *Já lhe dei uma prenda para entregar à sua filha. Guardei para si algo mais valioso* — e exibiu um volumoso livro, com uma encadernação feita de pele de cabrito, as páginas todas desalinhadas. — *Esta é a famosa Bíblia de Sisnando, trouxe-a da igreja de Milepa, o padre tinha-a deixado espalhada no meio do chão.* Balançou o livro nos braços como quem embala uma criança. Tinha sido ela que costurou a capa, alinhavou as páginas e desenhou as ilustrações. A tinta foi ela que extraiu

de cascas e raízes. E, afinal, o que era essa tão polémica Bíblia? Nada mais do que um manual para aprender a ler, metade em português, metade em ciyao. — *Fique com ele, amiga Constança* — pediu Aluzi. — *Mostre-o lá em Lisboa. Afinal, eles estavam certos em ter tanto medo deste livro.*
— *Quando eu voltar para Lisboa, tu vens comigo?* — A portuguesa fez a pergunta sabendo que nunca teria a resposta.

Naquela noite, Constança Meireles sonhou que desembarcava em Lisboa. Do convés do barco foi contemplando o horizonte e viu que já não havia árvores. Em toda a linha de costa não se via uma única copa de árvore. Sentiu que lhe faltava o ar. E era a mesma asfixia que sofrera quando as palavras desapareceram do papel.

86.

> *Onde eu nasci passa um rio*
> *Que passa no igual sem fim*
> *Igual sem fim minha terra*
> *Passava dentro de mim.*
>
> Caetano Veloso

Uma velha mulher aproximou-se do acampamento e pediu licença para falar com Aluzi. A vidente percebeu que o assunto era grave e secreto. Afastou-se das tendas para escutar as notícias que o homem trazia:
— *Avisa os teus brancos: lá, mais em baixo, há um barco a arder...*
— *Um barco?*
— *Está lá, em chamas, na margem do rio. Manda os*

*teus homens, é preciso afastar esse barco para longe das águas.*

Diziam os pescadores que a misteriosa embarcação vinha da Ilha de Moçambique. Quem pilotava o barco era um branco alto e magro que, a mão sobre o leme, gritava pelas pessoas que tinha chegado de Milepa. Vinha buscá-los, a mando do governador. Os pescadores obrigaram o barco a encostar. Depois, deitaram-lhe fogo. — *Eu vi, Aluzi, juro que vi esse "liboti" a arder* — assegurou a velha. — *Era o mesmo incêndio, o do posto e o do barco. As mesmas chamas, o mesmo fumo, as mesmas cinzas.*
— *E os tripulantes?* — perguntou Aluzi.
— *Mataram-nos* — respondeu a velha. E sentou-se com todo o corpo. O relato ia ser longo. Usou os braços para dar força às palavras. Foi assim que sucedeu, explicou a mulher: quando os pescadores chegaram junto ao barco, já os corpos dos tripulantes seguiam na corrente, rio abaixo. Na areia em volta, viram sangue. Seguiram as pegadas e, mais à frente, encontraram o único sobrevivente. Era o tal branco, o chefe do barco. Estava coberto de cinza e de sangue. Lavaram-no. Assim que o corpo dele começou a respirar, o homem ganhou voz e murmurou: — *Viemos buscar o sipaio Nataniel Kirimi.* — Olhou em volta e implorou: — *Ajudem-me a encontrar Nataniel. No palácio todos rezam por esse sipaio. O governador e o bispo querem que ele os ensine a escrever.*

O piloto falou tudo isto em português. Sabia falar kiswahili mas não há quem não morra na língua em que nasceu. Ninguém entendeu o que o branco disse até que alguém traduziu. Então todos acenaram com a cabeça. Mas era tarde. O branco já tinha fechado os olhos.

## 87.

*É assim que deves percorrer o mundo:
como se fosses água à procura de outra água.*

Provérbio de Milepa

O apelo foi lançado de forma arrebatada: todos se deviam juntar para limpar os cursos de água. Os postes carbonizados, as cinzas do posto, as madeiras queimadas dos barcos, toda essa sujidade tinha roubado a luz dos rios.
— *Vamos lavar os rios* — clamou Aluzi. — *Chamem os homens e as mulheres das aldeias.*
— *Somos poucos* — comentou Chifuniro. — *Por que não nos ocupamos apenas do rio grande?*
— *Os rios são como as pessoas* — ripostou Aluzi. — *Não há grandes nem pequenos. Cada rio são todos os rios.*
O alemão dirigiu-se para a margem do rio. Nataniel seguiu-o. Ficaram calados, lado a lado. Até que, de olhos fixos no horizonte, o médico declarou — *Ainda há pouco, quando te quiseram culpar eu defendi-te. É bom que entendas, Nataniel: eu não seria nunca capaz de te fazer mal. Vou-te contar a verdade sobre o que se passou no ataque ao posto de Madziwa.*

FALA DO MÉDICO ALEMÃO

Ao contrário do que tu e os outros pensam, Otto Lorenz não era um dissidente. O teu irmão Matias lançou poeira para o ar, fazendo crer que Otto tinha recusado participar no ataque. Não é verdade. Otto não escolheu ficar na outra margem do rio. Fui eu que o impedi de entrar na canoa. Otto era major, como eu, mas era ele que mandava em assuntos de natureza militar. Foi ele quem concebeu e orquestrou aquela loucura.

Ele conhecia os meus segredos. Segundo ele, o mal devia ser cortado pela raiz. Não estava preocupado comigo, mas com o bom nome do seu exército. O posto tinha de arder, tu tinhas de desparecer. Quando tu e Matias me viram gesticular dentro da canoa era para o manter afastado da margem. Se Otto tivesse atravessado aquele rio ele iria confirmar a identidade de cada uma das vítimas. Tu não serias poupado. E isso era tudo o que eu menos queria. Ao desobedecer a Otto Lorenz, eu sabia que nunca mais podia voltar para a Alemanha.

Schreiber fez todas estas revelações num tom monocórdico, como se não tivesse crença no efeito das suas palavras. No final do relato, ele suspirou: — *Sacrifiquei a minha vida para salvar a tua.*

— *O senhor já me tinha feito todo o mal possível antes.* Nataniel pronunciou estas palavras, virou as costas e regressou para o acampamento. O alemão desatou aos gritos: — *Isso, faz-te de vítima! Tu usaste-me, interesseiro!*

Depois, assumindo a inutilidade da sua fúria, Schreiber calou-se e ficou de olhos presos na outra margem do Rovuma. Aquele seria o seu mais natural destino. Naquele momento, porém, o alemão viu essa berma se afastar para além da linha do horizonte. Algures, entre rios e savanas, cumpria-se o vaticínio de Bokero: as balas de mundo inteiro convertiam-se em água, não tardaria que transbordassem os rios e os mares.

88.

*Como posso saber o que penso*
*se não vejo aquilo que digo?*
E. M. Foster

Nataniel e Matias foram limpar o posto de Madziwa. E viram que, a poucos metros do aquartelamento, estavam espalhados os restos do barco que tinha transportado os alemães. Os citowes tinham-lhe deitado fogo. Enquanto Matias se ocupava dos restos do barco, Nataniel foi carregando os destroços para os deitar nas trincheiras. A um certo momento, Matias aproximou-se trazendo um monte de areia branca sobre uma tábua. — *Faz de conta que é farinha* — desafiou apontando para a mancha escura que os cercava. — *E faz de conta que este capim queimado é o terreiro do ndjando. Depois, pega numa mão cheia de farinha e desenha um* cinyago *sobre as cinzas. Faz um desenho qualquer, pode ser um desses que destruíste quando foste iniciado.*
Nataniel recusou o convite. O sangue fê-los irmãos, a vida tornara-os rivais. Matias pousou a carga que trazia. Sentou-se e pediu a Nataniel que fizesse o mesmo. — *Quero contar uma coisa.*

FALA DE MATIAS KIRIMI

Vou-te contar o que sucedeu quando fui parar ao quartel dos alemães. Puseram-me na camarata dos soldados pretos. Naquele dormitório só havia um branco e estava pendurado numa parede. Era Cristo, suspenso num crucifixo de metal.
O beliche ao lado foi destinado a um rapaz magricelas. Por causa da sua magreza chamavam-

-lhe o Ngozi. Parecias tu, Nataniel: a mesma fragilidade, o mesmo ar desprotegido. Certa noite, o garoto começou a entoar uma canção da nossa infância. Tapei os ouvidos, pus a almofada sobre o rosto. Mas o rapaz era demasiado pequeno para ser ignorado. Incapaz de me conter, saltei da minha cama e apertei-lhe o pescoço. O desgraçado desatou a chorar. Sem saber o que fazer, acabei por abraçá-lo. Acordei, na manhã seguinte, partilhando a cama com ele. Aquilo foi motivo de riso de toda a camarata. Troquei imediatamente de lugar para dormir o mais afastado possível do magricela. E nunca mais lhe dirigi palavra. Cheguei confesso a desejar que ele desaparecesse. Sem ter de morrer. Assim como acontece como as folhas secas que se desprendem das árvores e ninguém dá conta que chegaram a viver.

Numa certa noite, despertei com a presença de Ngozi na cabeceira do meu leito. De repente, já não era ele. Eras tu, Nataniel, com a tua cara, a tua voz. Eras tu que, de joelhos, imploravas em surdina para que te abraçasse. Aquela ilusão demorou um instante. No minuto seguinte, ressurgiu o palerma do Ngozi com as lágrimas escorrendo-lhe pelo queixo. Segurei-o pela cabeça e ameacei-o: *nunca mais, nunca mais te aproximes de mim!* Uma hora depois, já a camarata readormecera, reparei que Ngozi caminhava no escuro em direção à parede. Retirou o crucifixo do prego e usou-o como um punhal de encontro ao peito. Ninguém moveu um músculo, ninguém disse uma palavra. Apenas eu me levantei e me aproximei do infeliz. Mais perto, percebi que os pés de Cristo se tinham encravado entre as costelas e nem eu nem ele conseguimos retirar o ferro do seu peito. Arrastei-o pela camarata. Com ele ao colo gritei por socorro. Naquele momento, quem eu levava nos meus braços não era outro senão tu. E quando chorei, confesso que chorei por mim: eu sabia que naquele momento terminava a minha carreira como soldado.

Nataniel escutou a história e manteve-se impávido por um tempo. Até que apontou para o chão e murmurou: — *Chega para aqui essa tua tábua.*
— *Vais desenhar?*
— *Vou, mas primeiro quero dar-te um abraço.*
E ficaram, um no peito do outro. De repente, Matias soltou-se do corpo do irmão, avançou resolutamente para os restos da paliçada e passou as mãos pela superfície das tábuas carbonizadas. Untou os dedos com aquela fuligem e voltou para junto do irmão para lhe besuntar o rosto com a poalha negra. — *É para saberes da tua raça, meu irmão.* — Fingiram que lutavam. A luta era falsa. Mas a infância que resgatavam era tão verdadeira que tombaram juntos e desamparados, como se o chão fosse o seu próprio corpo. Depois, sentaram-se lado a lado, frente ao rio. E ficaram a escutar o murmúrio da água, como se aquele rumor viesse de dentro deles.
— *Queres mesmo ser como os europeus?* — perguntou Matias. — *Queres continuar a fugir para a terra dos brancos?*
— *Só quero o mesmo que tu. Respeito.*

## 89.

*E sem um lápis até somos capazes de escrever*
*na cal das paredes os versos profanos*
*em caligrafia à unha*
*quase como um poema.*

José Craveirinha

Os dois irmãos juntaram as tábuas chamuscadas, trouxeram-nas para o acampamento, espetaram-nas na areia, umas ao lado das outras e, assim, criaram um tapume com um metro de altura e dois de largura. Os companheiros de viagem juntaram-se todos naquele pátio.
— *Esta é o quadro preto, esta é a nossa escola* — anunciou Nataniel. — *Agora, cada um escreve uma coisa.*
— *Escrever?*
— *Basta riscar. Usem estes pregos.*
A todos foi entregue um desses cravos de ferro que antes fixava a madeira das embarcações. Agora são as nossas canetas, disse Matias.
— *Começa você, Chifuniro, meu pai.*
— *Logo eu, que nunca escrevi?*
— *Desenhe um mapa.*
O carroceiro balançou o braço, a ganhar coragem. Ao fim de um tempo, riscou timidamente a madeira. O traço branco emergiu do fundo negro como se ali sempre tivesse estado. Depois, já mais afoito, o carroceiro desenhou uma cruz. — *Começas bem, só falta o Cristo* — saudou o padre. Foi Aluzi quem corrigiu o sacerdote: — *São os quatro pontos cardeais!* — Chifuniro ainda pensou contestar. Preferiu ficar calado. Ele podia não conhecer o abecedário. Mas sabia que aquele seu desenho era a primeira letra do nome do seu filho Tadala.
— *Agora é a sua vez, capitão* — encorajou Aluzi. — *Vá, escreva um nome. Use o cano da pistola, escreva com a sua arma.*

— Não escrevo coisa nenhuma. — E o português reagiu com violência, erguendo-se e atirando o prego para o chão. — Que palhaçada é esta? Será que está tudo maluco?
— Vá, capitão — insistiu a profetisa. — Um nome, um simples nome. Como se chamava a sua mãe?
E foi como se lhe espetassem um cravo de ferro. Enfurecido, o capitão Centeno desatou a dar tiros para o ar. No último disparo, escolheu o rio como alvo. O estrondo ecoou pelo vale e demorou uma eternidade até que a quietude se voltasse a instalar.
— Alguma vez disparou contra uma pessoa, Centeno? — quis saber o padre.
O capitão não respondeu. Pássaros. Pássaros era contra quem ele tinha disparado. Sem nunca querer saber se lhes tinha acertado. Tombavam longe, não se lhes via o sangue, não se escutava o estertor. O grande gosto era vê-los desaparecer no céu, num alvoroço absoluto. Era então que ele sentia o gosto de um poder quase divino. Já que não podia criar a ordem, contentava-se em ser dono da desordem.
Depois dos disparos, todos se retiraram. Matias voltou atrás vendo que Chifuniro se mantinha parado junto da paliçada. — Então, apagou o mapa?
— É que já vou para lado nenhum. Fico aqui, faço companhia a Tadala.
Matias olhou o rio e murmurou: — Não posso deixá-lo sozinho. Vamos juntos para Milepa.
— Tens a tua vida — declarou o velho carroceiro.
— A nossa vida está toda enredada. O senhor quase foi meu pai.
Matias estendeu o braço para ajudar o carroceiro a erguer-se. — Se quer lembrar o seu filho Tadala, então não fique a fazer companhia aos mortos. Continue a guerra de Tadala.
— A guerra? — perguntou, aflito, Chifuniro. — Que guerra?
E o carroceiro foi seguindo em passo estugado o seu

afilhado Matias que subia a uma rocha para espreitar a berma do rio. Bandos de aves espantavam-se com a chegada de dois vultos que o antigo askari não foi capaz de distinguir em contraluz.

## 90.

*Akuluakulu ndi m'dambo muzimila moto.*
[Os velhos são os rios onde o fogo se extingue.]
Provérbio yao

Constança e Nataniel suspenderam a marcha que faziam pela margem do Rovuma. O sipaio apontou para o chão — *Foi aqui que ele morreu!*
Constança ajoelhou-se para recolher uma mão cheia de areia. Tinha sido ali que Bruno tinha tombado.
— *Conta-me histórias dele* — pediu Constança.
Nataniel ergueu a cabeça, os olhos girando no azul sem fim. O sargento Bruno Estrela era um homem de poucas palavras. Lembrava-se da mãe, pronunciava o nome dela, mas nada mais dizia. Certa vez, falou do pai. Naquele momento, o sargento estava completamente embriagado, cambaleando sobre a fogueira, uma baioneta na mão riscando o escuro. Nataniel fez com que o português se sentasse e deu-lhe água para beber. O sargento Estrela atirou a baioneta para o fogo para depois ficar a ver o ferro ensandecer.
— *O meu pai...* — murmurou Bruno — *... o meu pai queimou a minha mãe como se ela fosse um boi. Depois espancou-me a mim. Foi ali que eu fiquei. Estou enterrado naquele momento.*
A portuguesa deixou escapar a areia por entre os dedos. As mãos falsamente vazias, os grãos agarrados aos

dedos. Do mesmo modo, a lembrança de Vicentia estava grudada dentro dela.

FALA DE CONSTANÇA MEIRELES

Eu tinha estado nesse mesmo estábulo. Presenciei aquele momento. E ali estava o meu pai, o coronel Meireles, completamente fora de si, cobrindo os olhos com as mãos para deixar de ver Vicentia que jazia num canto, mais tombada do que um bicho sem vida. — *Vais sair agora mesmo desta casa* — gritou Meireles para o empregado. Logo de imediato, acrescentou: — *Vicentia e a criança ficam connosco.* O caseiro reclamou: — *Vicentia é minha mulher!* O patrão contestou: — *Deixou de ser.* — O caseiro insistiu: — *Desculpe, meu patrão, o Bruno vai comigo, é o meu filho.* — E o coronel, de olhos esbugalhados, vociferou: — *Não é! Não é teu filho!* — A seguir, emendou: — *Num filho não se bate assim.*

Constança bateu as palmas das mãos para sacudir a areia e o tempo. Depois, sorriu para Nataniel e entrou no rio. Com a ponta dos dedos estendeu a roda do vestido e andou assim para a frente e para trás como se estivesse a coar as águas do rio. Caminhava com os joelhos submersos como fazia a mãe de Bruno nos arrozais do rio Sado.

FALA DE PADRE SISNANDO

Quer saber de Bruno, dona Constança? Lembro-me da vez que o seu genro veio confessar-se. Ajoelhou-se com a submissão de um cachorro. Mandei que se sentasse numa cadeira à minha frente. Comigo não havia confessionário, nem joelho no chão, nem olhar de súplica. Bruno ain-

da olhou para mim, espantado, como se duvidasse das minhas funções. Expliquei-lhe: na minha igreja, confessamo-nos em voz alta. Amanhã toda a paróquia saberá dos teus pecados. Cristo fez os milagres em segredo?
Esse seu Bruno enfrentou-me um tempo e depois afirmou em voz alta: — *Todas as noites sonho que mato o meu pai.* Coloquei a minha mão na mão do Bruno e disse-lhe: — *Nesse caso, meu filho, é ele que te está a matar a ti.*
Passaram-se tempos sem que Bruno voltasse à igreja. Um dia, ele apareceu. Não se vinha confessar. Vinha anunciar, todo vaidoso: — *Deixei de matar o meu pai.* E eu perguntei: — *ele já não te visita? Nunca mais*, disse o Bruno Estrela. *O meu pai foi a minha mãe*, assegurou o jovem. *O meu pai foi o meu patrão e a minha patroa. E agora com Flávia, vou ter filhos. Serei pai. Serei pai deles. E com o amor de Flávia serei o meu próprio pai...*
Foi o que disse Bruno Estrela dias antes de ser assassinado.

91.

> *Nkhwangwa siyithwela pachipala.*
> [É a arvore que afia o machado.]
> Provérbio yao

Ainda o sol não se tinha erguido quando um grupo de mulheres se aproximou do acampamento. Instalaram-se em redor do poço que servia o posto militar. Estavam vestidas de homem e empunhavam armas de fogo. Os gestos eram másculos, a voz grave, o olhar felino. Os homens que as tinham acompanhado ficaram sentados longe do posto. Eram tão magros que a sombra dos seus corpos não chegava ao chão.

As mulheres acenderam uma fogueira e trouxeram tambores para junto do fogo. Aluzi e Constança acomodaram-se numa esteira junto das batuqueiras. À medida que as mulheres dançavam, algo foi acontecendo no fundo do poço. A água que era rasa começou a subir e depois, num movimento giratório, transbordou com a força de uma maré cheia. Era um presságio.

Uma das mulheres, a que tocava os batuques, aproximou-se com um pano vermelho enrolado à cintura e um lenço da mesma cor cobrindo-lhe a cabeça. Trazia o tambor debaixo do braço e depois de o colocar no chão usou-o como assento. Começou por perguntar se algum dos presentes já tinha visto uma mulher a tocar tambor. Ninguém respondeu. A batuqueira deixou passar um tempo para depois se dirigir a Aluzi:

— *És tu a filha de Kinjikitile Ngwale?*

— *Dizem que sim* — respondeu a vidente. — *Dizem que sou filha de Bokero.*

— *Antes, ele chamava-se Kinjikitile* — afirmou a batuqueira. — *Bokero foi o nome que lhe deram depois de ele sair do rio.* A mulher dos batuques ajeitou o lenço e fitou Aluzi demoradamente.

— *Somos irmãs* — declarou. — *O teu pai, o Kinjikitile, vive dentro do rio. O meu, o Bokero, vive nos caminhos da terra. Temos o mesmo pai. É a mesma pessoa, mas não é o mesmo morto.*

FALA DA BATUQUEIRA

Estamos aqui com os nossos batuques para te lembrar, Aluzi Msafiri, que fomos nós mulheres que sustentámos as nossas aldeias. Os homens foram levados, a maior parte deles nunca mais regressou. Ficamos nós a destroncar as florestas, a semear os campos, a afugentar os porcos selvagens, a proteger as terras dos maus olhados. Tudo isso fomos nós que fizemos e não estamos aqui a chorar. Somos mulheres, temos um contrato com a vida. E agora viemos aqui para fazer um acordo contigo, Aluzi Msafiri: Tu és uma verdadeira rainha, és uma profetisa de nascença. Estes títulos não se compram, estas artes não se aprendem. Passam pelo sangue. Tu és filha do mais poderoso dos feiticeiros. Mas és muito mais do que isso. És descendente de um grande combatente. O teu pai deu a sua vida pela vida dos outros.

Queremos que vás ao palácio. E ensines esses brancos a escrever. Leva Nataniel, leva o Matias. Vai ao palácio e ensina os vazungo a escrever. Se estiverem cansados que deixem por escrito uma única palavra. Essa palavra é "desculpa". Depois, os portugueses que peguem nas coisas deles e metam-se num barco. Mais tarde, podem voltar a Moçambique. Na próxima vez, porém, eles que batam à porta e peçam licença. Estas terras não estão vazias. Estas terras têm donos e são muito antigos. Eles que deixem tudo isso por escrito. Será uma promessa que terão que cumprir. Se assim procederem nós, então, vamos recebê-los como sempre fizemos com quem nos visita.

Andas a lavar os rios? Talvez os deuses fiquem contentes. Mas lavar os rios não chega. É preciso lavar o mundo. Vai ao palácio e mostra que és filha de Bokero. Nós somos as mulheres: não queremos vingança. Queremos justiça.

A batuqueira bateu com as mãos no tambor a marcar o fecho da sua alocução. Fez um sinal com a cabeça: — *Ago-*

ra, mais em privado, vamos falar mais junto da margem. Vens tu, Nataniel e Matias. Todos os outros ficam aqui.
— Chifuniro também?
— Só vão os parentes de Bokero.
— E o que vamos fazer?
— Vou dizer-vos o que vão fazer. Antes e depois do palácio.

FALA DO SISNANDO BAIÃO

Agora é a minha vez de me confessar. Não sou, nunca fui padre. Eu venho de um grupo de cinquenta colonos que foram despejados numa praia de Pemba. Sou filho de um desses portugueses e de uma mãe negra que morreu pouco depois de eu nascer. O meu nome de batismo é Elias Sarmento. Ainda criança cansei-me de ser maltratado. No colonato de Pemba, a regra era simples: pretos e brancos eram as raças criadas por Deus. Os mestiços eram uma intromissão humana na obra divina. Eu era uma criatura impura e não havia modo de me salvar. No dia em que decidi fugir encontrei numa cabana abandonada os pertences de um padre e uma carta dirigida ao falecido Sisnando Bayão, dono de prazos na Zambézia. Escapei pelo mato com a túnica vestida, o crucifico ao peito, o cordão à cintura. E logo me apercebi de que, por onde passava, assim vestido, todos me respeitavam. Como padre, o recém-criado Sisnando Baião deixava de ter raça. Brancos e pretos ajoelhavam-se à minha passagem. O antigo Elias Sarmento foi ficando enterrado dentro de Sisnando Baião e acabou mais sepultado que o cavalo do alemão. Em Milepa, quem foi o verdadeiro padre foi Aluzi Msafiri. Comigo ao meu lado, as pessoas ainda a respeitavam mais. Diziam: se essa mulher negra

escravizou um mulato de barbas é porque tem grandes poderes.
Não sou vidente como Aluzi. Não sei o que acontecerá comigo. Se me levarem preso quero que saibam que, em Milepa, a adoração de Cristo não deve nada à Bíblia. São as histórias que Jesus contou que dão vida à igreja da nossa aldeia. São as suas parábolas e os seus milagres que as pessoas repetem como se fossem sonhos que os visitaram. Talvez eu não tenha os poderes de Cristo. Mas há mais histórias em Milepa do que na Galileia.

## 92.

*A mentira não tem dono.*
*A mentira é que quer ser dona de nós.*
Excerto da Bíblia de Sisnando

Na manhã seguinte, Chifuniro acordou cedo. O padre dormia. As duas mulheres também. Quem já se tinha retirado foram o médico, o capitão e os dois irmãos. O carroceiro procurou pelas redondezas. Nem o mais pequeno sinal. Até que um rapaz da povoação o avisou: *os quatro homens saíram de manhã cedo. Foram para o rio,* disse o moço. *Mostra-me para onde foram,* pediu o carroceiro. *Tenho medo,* reagiu o rapaz. E acrescentou, voz trémula. *É que nunca vi uma coisa assim: os pretos é que levavam os brancos amarrados.*
Chifuniro seguiu pelo atalho, carregando um mau pressentimento. Na margem do Rovuma lá estavam Matias e Nataniel.
— *Onde estão os militares brancos?* — perguntou o carroceiro.

— *Metemo-los numa canoa.* — E havia um brilho estranho no olhar dos irmãos.
— *Numa canoa? Mentira, nós não fazemos canoas. Nós usamos pirogas de cascas de árvore...*
— *Foi numa dessas likungwas que os metemos.*
— *Essas pirogas mal dão para cruzar o rio de uma margem à outra...*
— *Quem falou em margem? Eles foram rio abaixo.*
— *Com esta corrente, não chegam longe.*
— *A ideia é essa.*
Chifuniro sentou-se, as mãos cobrindo o rosto, como se lhe faltasse a visão. — *O que foram fazer, meus filhos?*
— *Já esqueceu o sangue de Tadala?* — perguntou Nataniel. — *O seu filho, Tadala, já se esqueceu? Ou acha que basta limpar os rios?*
— *E o que vamos dizer aos outros?* — balbuciou o aflito carroceiro.
— *Dizemos que foram por vontade deles. Que se meteram numa embarcação e foram para onde vieram.*

93.

*Erimu ya athi eri mahi a mmolokoni.*
[O céu da terra é a água dos rios.]
Provérbio yao

Aluzi convocou os seus companheiros de viagem para anunciar o regresso a Milepa. Depois de Milepa, iriam todos até à Ilha de Moçambique. Mandou que dessem as mãos e fizessem uma roda. Depois, a profetisa falou em ciyao. A seu pedido, Nataniel traduziu para português.
*Esta noite, todos nós tivemos o mesmo sonho. Fomos visitados por Deus. E todos escutaram o que ele disse, porque ele falou nas línguas de todos. Deus disse-nos que*

*pretendia voltar*. *Queria voltar antes que começasse a guerra. Mas não queria surgir na forma de pessoa. Queria voltar em algo que não tem forma nenhuma. Queria voltar como água. A Bíblia diz que os rios nascem todos no paraíso. Por isso, meus irmãos, caminhemos como se fôssemos os rios. Lavámos os rios, apagámos as cinzas, desamarrámos as nuvens. Agora, podemos sair daqui em direção ao palácio do governador.*

Foram as suas últimas palavras. E depois partiram. Aluzi pediu para que Nataniel e Matias se colocassem, juntos, à frente da comitiva.

Escutou-se ao longe o murmurar dos rios. E não era um rumor de água. Era o crepitar do fogo.

## Nota final do autor

Dois meses depois, desembarcavam no Norte de Moçambique os primeiros contingentes militares vindos de Portugal. Confrontos entre tropas alemãs e portuguesas ocorreram em ambos os lados da fronteira até ao final da Primeira Guerra Mundial. Não existem dados precisos sobre a dimensão desta tragédia. Num relatório de 1919, as baixas portuguesas nas campanhas africanas* são estimadas pelo coronel Freire de Andrade em 1128 oficiais, 19 925 soldados europeus, 10 778 soldados indígenas e 116 381 carregadores.

* Estes números incluem Angola e Moçambique.

# Glossário

ABUJO: padre.
ACIMWENE WANGU: meu irmão.
BWANA WA NKAZI: patroa, mulher branca no contexto colonial.
CITANITANI YA LUSULU: espíritos dos rios.
CITOWE: pessoa de estatura baixa.
DJIINS: espíritos.
HABARI YAKO RAFIKI YANGU: olá, meu amigo.
LIBOTI: barco.
LIPANGA: cajado.
MAJERUMANOS: alemães.
MBAWA: tipo de árvore.
MPANGA: nome de uma árvore.
MSAWI: feiticeira.
MSILIKALI: soldados.
MTHUNZI WA MOTO: sombras do fogo.
MTUTU: espingarda.
MUALIMOS: chefes religiosos muçulmanos.
MUZIMO: espírito.
MUZUNGO: pessoa de raça branca ou, no sentido mais amplo, patrão.

MWANA: filho, criança.
MZEE: senhor.
NDJANDO: território sagrado onde se realizam as cerimônias de iniciação.
NGALIBA: mestre.
NGOZI: pessoa magra; magricela.
NKOLOGO: cerveja.
NKONDO: guerra.
NYIPA: aguardente.
POMBE YA NKAZI: bebida alcoólica feita pelas mulheres.
UNYAGO: cerimônia de iniciação masculina entre os vayao.
UTANDE: farinha de sorgo.
VAZIMU YA MAKOLO: espíritos dos antepassados.
VAZIMU: espírito (plural de muzimo).
VAZUNGO: brancos (plural de Muzungo), patrões independente da raça.
WAMANTHA: covarde.
WARABUS: árabes.

## Fontes das citações

AMARAL, Manuel Gama. *O povo Yao*. Lisboa: Instituto de Investigação Científica Tropical, 1990.
ANDRESEN, Sophia de Mello Breyner. Excerto do poema "Marinheiro sem mar". *Obra poética*. 2. ed. Lisboa: Editorial Caminho, 2011. p. 312.
AUGÉ, Marc. *La guerre des rêves*. Paris: Éditions du Seuil, 1997.
AVIDAN, Asaf. Letra da canção "Between these hands", álbum *Live At The Acropolis*, 2023.
BAÑUELOS, Juan. *Entre estas águas: Poetas del mundo latino*, 2009. Org. de Mario Meléndez e Margarito Cuéllar. Monterrey, México: Universidad Autónoma de Nuevo León, Secretaría de Cultura de Michoacán, 2010.
BORGES, Jorge Luís. Excerto de um poema do livro *Elogio da sombra*. Rio de Janeiro: Editora Globo, 1977.
CARVALHO, Manuel. *A guerra que Portugal quis esquecer: O desastrado exército português em Moçambique na Primeira Guerra Mundial*. Porto: Porto Editora, 2015.
CÉSAIRE, Aimé. Excerto do poema "Mot-macumba", do livro *Moi laminaire*. Paris: Éditions du Seuil, 1982.

CONRAD, Joseph. *O coração das trevas*. São Paulo: Companhia das Letras, 2008.

DARWISH, Mahmoud. *Unfortunately, It Was Paradise: Selected Poems*. Berkeley: University of California Press, 2003.

GELMAN, Juan. "Eso Paris" (1983-4). In: _____. *Interrupciones 2*. Argentina: Seix-Barral, 1998.

HOLUB, Miroslav. *Selected Poems*. Londres: Penguin Books, 1967.

HURSTON, Zora Neale. *Their Eyes Are Watching God*. Filadélfia: J. B. Lippincott, 1937.

LIMA, Conceição. *O útero da casa*. Lisboa: Editorial Caminho, 2004.

MELO NETO, João Cabral de. *Obra Completa*, volume único. Org. de Marly de Oliveira. Rio de Janeiro: Nova Aguilar, 1994. pp.78-9.

PACHECO, José Emílio. *Los elementos de la noche (1958--1962)*. México: Unam, 1963.

PESSOA, Fernando. *Poesias inéditas (1930-1935)*. Lisboa: Ática, 1955.

_____. *Páginas íntimas e de auto-interpretação*. Textos estabelecidos e prefaciados por Georg Rudolf Lind e Jacinto do Prado Coelho. Lisboa: Ática, 1966.

PIRES, Ana Paula; FOGARTY, Richard S. "África e a Primeira Guerra Mundial", a respeito do major Von Doering, governador do Togo. *Ler História*, n. 66, pp. 57-77, 2014.

RAMOS, Jorge Abelardo. *Historia de la nación latino-americana*. Buenos Aires: A. Peña Lillo, 1968.

RHODES, Cecil. "Confession of Faith" (1877). In: FLINT, John E. *Cecil Rhodes*. Boston: Little Brown, 1974.

SANTAYANA, George. *Soliloquies in England and Later Soliloquies* (1922). Whitefish: Kessinger Publishing, 2007.

SZYMBORSKA, Wisława. "O poeta e o mundo". *piauí*, maio de 2007.

ESTA OBRA FOI COMPOSTA PELO ESTÚDIO OLM/FLAVIO PERALTA EM GARAMOND
E IMPRESSA EM OFSETE PELA LIS GRÁFICA SOBRE PAPEL PÓLEN NATURAL DA
SUZANO S.A. PARA A EDITORA SCHWARCZ EM OUTUBRO DE 2024

A marca FSC® é a garantia de que a madeira utilizada na fabricação do papel deste livro provém de florestas que foram gerenciadas de maneira ambientalmente correta, socialmente justa e economicamente viável, além de outras fontes de origem controlada.